El Bosque Prohibido:

La historia se cuenta de un bosque prohibido que se encuentra dentro del árbol místico de la vida. No sé exactamente qué tan verdadera es la historia, pero tengo curiosidad y estoy dispuesto a averiguarlo...

Capítulo 1:

Mi nombre es Dominic Elijah Muhammad y soy de Egipto, La Ciudad de Guiza. Soy arqueólogo en el Gran Museo Egipcio. Mi trabajo consiste principalmente en recuperar artefactos enterrados del antiguo Egipto.

Cuando era más joven, siempre fantaseaba con criaturas míticas. Así que un día decidí iniciar mi propia expedición en busca de la verdad sobre criaturas míticas.

En realidad, pensé que las criaturas míticas eran reales, pero a medida que crecía, me di cuenta de que todo en lo que creía venía de un niño pequeño corriendo con una imaginación encantadora.

Constantemente dudaba de mí mismo cuando era más joven. Un momento creería en criaturas míticas y en el siguiente momento, no lo haría. Se puede decir que yo era un niño muy confundido cuando crecía.

Siendo arqueólogo, siempre estaba en el campo buscando respuestas. Quería saber si las criaturas míticas realmente existían en la era inicial del tiempo, antes que el hombre.

La mayoría de los antiguos sitios funerarios egipcios que desenterramos, los fósiles encontrados, han envejecido hace 300.000 años, lo que los convierte en los restos humanos más antiguos descubiertos en la Tierra. Uno de los cadáveres que descubrimos tenía una tumba diferente escondida dentro de una antigua pirámide; el cadáver envejecido fue considerado en realidad como una momia hecha por el hombre del dios perro egipcio antiguo Anubis; huesos humanos antiguos con un cráneo animal envuelto en capas de tela de lino con el aspecto único del hombre y la bestia.

Muchos arqueólogos creían que en un momento dado los caballos tenían alas y volaban como pájaros. Sigo creyendo que el mítico Pegaso alado puede haberse preguntado la tierra antes o al mismo tiempo que aparecieron los humanos.

La parte más difícil de mi trabajo no es convencer a todos de que estas criaturas aladas no existían, sino convencer a todos de que lo hicieron.

Pienso constantemente en viajar por el mundo para encontrar el árbol místico de la vida. Se dice que, "El árbol de la vida, simboliza un nuevo comienzo de una nueva vida, energía positiva, salud perfecta, y un futuro más brillante. Es un símbolo de inmortalidad, que nunca envejece, pero lleva las semillas que contienen su propia existencia. De esta manera, se vuelve inmortal y con su inmortalidad viene el crecimiento y la fuerza."

El árbol místico está constantemente en mi mente. Me dijeron que hay un bosque oculto que se encuentra dentro del árbol místico de la vida, y sólo una persona de corazón puro y alma pura, puede abrir el pasadizo. Este pasadizo conduce al mágico y misterioso mundo de criaturas míticas. Fantaseo con ello todos los días y todas las noches, como si algo o alguien me estuviera llamando.

"Ahora sé lo que debo hacer, debo viajar a Japón para buscar el bosque de Aokigahara. Sólo allí, encontraré a la Madre de todos los árboles que estoy buscando. Si encuentro el árbol místico, encuentro el bosque mágico", digo, mientras hago las maletas.

Japón está a sólo doce horas y veinticinco minutos de vuelo desde Egipto.

No es mucho tiempo si duermes la mayor parte del vuelo, pero no puedo dormir. Estoy demasiado emocionado para finalmente estar en la expedición de su vida. Finalmente voy a revelar la verdad mágica del árbol místico de la vida.

Estoy nervioso y no puedo quedarme quieto de ninguna manera. Sigo examinando los mapas de Japón que acabo de sacar de la bolsa de mi viajero. "Qué lugar tan extraordinario es este Japón", digo, mientras tomo mi teléfono celular y voy a mi aplicación de Google. Empiezo a investigar todo sobre la historia moderna y las creencias comunes de Japón. Estoy hipnotizado por sus culturas únicas y las descripciones de su antiguo folclore tradicional.

El tiempo pasa cuando finalmente llego al aeropuerto de Shizuoka. Y ahora me dirillo al destino final de Fujikawaguchiko.

Una vez que bajé del avión, me subí a un vehículo de rickshaw porque dicen que es una de las formas más populares de transporte a través de Asia.

Me senté en el rickshaw y el conductor me preguntó: "¿A dónde?"

"Fujikawaguchiko", le digo, mientras recoge el rickshaw y comienza a correr.

Después de unas dos horas, el corredor de rickshaw decidió descansar. No hace falta decir que dormí en un rickshaw a un lado de la carretera esa noche.

Cuando desperté a la mañana siguiente, el tipo del rickshaw ya había empezado a correr por el día. Corrió la mayor parte del día, sólo se detuvo para comer, agua y descansos en el baño.

Corrió hasta que llegamos a Fujikawaguchiko y detuvo el rickshaw justo delante de la tienda de espadachines Aritsugu, Kyoto.

"Usted está aquí. Bienvenido a Fujikawaguchiko, Japón, la gente aquí ahora será tu guía, pero sólo si decides promover tu aventura", dice, mientras se sienta en el suelo para descansar.

Al salir del rickshaw, entro en la tienda de espadachines.

"Bienvenido a Fujikawaguchiko. ¿Cómo puedo ayudarte", preguntó un viejo japonés?

"Mi nombre es Dominic Elías Mahoma, soy de Egipto y no estoy aquí para comprar ninguna espada. Estoy buscando a alguien que me lleve al bosque de Aokigahara", le digo.

"Buscas el bosque prohibido, ¿no", preguntó?

"Sí, lo hago", le digo.

"Muchos han muerto o han desaparecido, sólo para buscar algo de lo que no saben nada. Ahora otro viene a renunciar a su vida. ¿Y para qué, para buscar la sabiduría que ya posees? Vete a casa más extraño, porque si te aventuras en el bosque de Aokigahara, tu alma se perderá dentro del bosque prohibido, para siempre", me explicó.

"Lo siento viejo, no llegué tan lejos para asustarme por algún cuento de hadas folclórico antiguo. Vine aquí para descubrir la verdad sobre el árbol místico de la vida y no me iré hasta que lo encuentre", le digo.

"Sólo puedo decirte que todo lo que has oído es verdad. Es por eso que se llama el Bosque Prohibido. No voy a decir más", explica.

"Sólo dime cómo llegar al viejo del bosque, y saldré de tu tienda y prometo que nunca volveré", le digo.

"Sé que nunca volverás, nunca lo harán, pero no me dejarás cambiar de opinión por alguna razón aparente. Así que, sé testarudo como una mula si quieres, ¿qué me importa? Compra un mapa, si quieres buscar la muerte", dice, mientras bebe su taza de té verde.

"¿Te refieres a estos mapas de viaje aquí en la pared", le pregunté, mientras caminaba de vuelta por la puerta principal?

"Sí, compras un mapa, sigues instrucciones y estarás allí antes de lo que crees", responde.

Mientras agarraba uno de los mapas de fuera del estante, le pregunté: "¿Vendes algo más además de espadas?"

"Lo que veses lo que tengo y nada más", responde.

"Bien, viejo, tomaré el mapa de este viajero y estaré en camino", le digo.

"Antes de salir de mi tienda, ven conmigo a la parte de atrás de la tienda", me dice.

"¿Para qué?"

"Porque, tengo algo que mostrarte", responde.

Mientras lo sigo hasta la parte trasera de la tienda, me dice: "Ver lo que hay justo delante de ti es sólo un regalo, pero no ver lo que tienes delante, es un regalo".

"¿Qué significa exactamente eso", le pregunté?

"Ghillie", dice, mientras llega a una vieja caja y saca algún tipo de manta de cubierta hecha de hierba falsa.

"¿Qué es esto", le pregunté, mientras me lo entregaba?

"Lo que sostienes dentro de tu mano ahora mismo es un auténtico traje Ghillie de camuflaje. Si quieres entrar en el bosque en momentos peligrosos, debes parecerte al bosque", me explica.

"¿Me estás dando esto como regalo o regalo, o tengo que comprarlo", le pregunté?

"No compres, este es mi regalo para ti", me dice.

Puse el traje de camuflaje en la bolsa de mis viajeros, mientras caminaba de regreso a la parte delantera de la tienda. Al llegar al frente de la tienda, el anciano camina detrás del mostrador, luego me mira y me dice: "Uno nunca debe ir a la batalla sin un arma; él perderá la batalla antes de que comience.

"¿Por qué me dices esto", le pregunté?

"Porque entras en batalla sin arma", me dice.

"No necesito un arma. Sé cómo salir de problemas, confiar en mí, he tratado con personajes desagradables toda mi vida", le digo.

"¿Alguna vez has venido cara a cara con un león de tres cabezas o un Griffin enojado que te arrancará la cabeza de los hombros sin remordimientos? ¿Lo has hecho", grita?

"No, porque no creo en leones o grifos de tres cabezas; no existen", le digo.

"Entonces realmente eres un tonto, pero no dejaré que tu insensatez me atormente. Toma esto", dice, mientras me entrega una daga bien tallada.

"¿Qué es esto", le pregunté?

"Es la hoja de Honjo Masamune, una de las mejores cuchillas de Japón. Te protegerá en tu viaje al bosque prohibido", me dice.

"¿Por qué necesitaría esto?", le pregunté?

"Los cíclopes sólo tienen un ojo. Usa la daga para cortar el ojo y la amenaza pasa de ser vista a ser invisible", explicó.

"Cíclope, ¿de verdad acabas de decir Cíclope", le pregunté, mientras empezaba a reírme?

"Tu falta de imaginación te percibe. Definitivamente no estás listo para el Bosque Prohibido", me dice, mientras pongo la hoja en la bolsa de mis viajeros.

"No creo que vaya a necesitar esta arma, pero si lo que dices es verdad, tampoco entraré en batalla solo", le digo, mientras me doy la vuelta para salir de la tienda.

Buena suerte Dominic Elías Mahoma de Egipto, vas a necesitar todo", dice, al salir de la tienda.

Capítulo 2

Al salir de la tienda de espadachines Aritsugu Kyoto, sigo el mapa que me lleva hacia el oeste hasta el bosque de Aokigahara.

El calor es extremadamente caliente y el agua embotellada en mi bolsa no hace nada para mi anhelo de beber agua fría, pero continué bebiendo mi agua embotellada.

Se siente como si hubiera estado caminando durante días, pero sólo han pasado horas. Me duelen los pies, así que me siento a descansar las piernas y a mirar por encima del mapa.

Mientras miraba el mapa, me di cuenta de que no estaba demasiado lejos de la entrada al bosque prohibido.

Me emocioné porque estoy muy cerca de saber la verdad. La gente habla de criaturas imaginarias todo el tiempo, pero quiero verlas por mí mismo. Al igual que el anciano dijo: "Ver lo que tienes delante es un regalo, no ver lo que tienes delante, es un regalo".

"Ya tengo mi regalo y ahora, quiero mi regalo",digo, mientras me detecho y me dirido hacia el bosque de Aokigahara.

A medida que sigo con mi aventura, lo hago a una zona boscosa que consiste en árboles gigantes. Entonces miro hacia el cielo una última vez antes de abrirme camino a través de los arbustos del bosque siguiendo un rastro de tierra que de repente apareció en el suelo.

"La noche es oscura con luna llena, lo que sólo puede significar que algo mágico está a punto de suceder muy pronto", digo, mientras continuaba siguiendo el sendero más lejos en la zona boscosa.

Las marcas en los árboles son como algo que nunca había visto antes en toda mi existencia. No puedo leer ni siquiera empezar a entender el lenguaje de las marcas. La mayoría de las marcas en los árboles no son del mundo que conozco. "Entonces, es algo o alguien que me da señales de advertencia. Tal vez, las marcas me están diciendo que vuelva", me digo a mí mismo, mientras continuaba caminando por el sendero.

Los árboles están bloqueando deliberadamente la luz de la luna a medida que cientos de luciérnagas comienzan a deslizarse desde arriba. Las luciérnagas comienzan a dispersarse mientras aterrizan en las hojas de los árboles gigantes, parpadeando sus luces, mientras todos me miran fijamente.

"¿Es esta otra señal de advertencia o es sólo otra extraña coincidencia y estoy exagerando? Nunca podré entenderlo, a menos que continúe", me digo a mí mismo, mientras paseo por delante de las luciérnagas.

Mientras las luciérnagas parpadeaban sus luces contra mí, me recordó a esa canción infantil,

Starlight, estrella brillante

La primera estrella que veo esta noche.

Ojalá pudiera, ojalá pudiera.

Ten el deseo que deseo, esta noche.

"Realmentepuedo usar ese deseo en este momento", me digo a mí mismo, mientras empiezo a reírme.

"¿Por qué todo tiene que terminar o empezar con una historia o una canción?" me pregunté, al llegar al final del camino.

"El mapa no dice nada sobre el sendero deteniéndose aquí, así que debo haberlo leído mal y viajado en la dirección equivocada", digo, mientras volteo el mapa hacia el otro lado.

"Este mapa está mal. Se lee que este mismo rastro que estoy siguiendo se supone que me llevará al bosque de Aokigahara, que no tiene ningún sentido para mí porque ya estoy en un bosque".

Mientras miro el mapa, me siento en el suelo junto a un gran roble con marcas extrañas que son ligeramente diferentes de las marcas que estaban en los otros árboles. El mapa dice que el bosque de Aokigahara está justo aquí donde estoy sentado, pero no veo el bosque prohibido del que todo el mundo está hablando. Sólo veo el gran roble que está delante de mí.

"¿Qué me estoy perdiendo", digo, mientras sigo hablando conmigo mismo?

"La historia se cuenta de un bosque prohibido que se encuentra dentro del árbol místico de la vida", digo, mientras miro hacia el roble gigante.

"Tú debes ser el árbol de la vida por el que he estado buscando toda mi vida. Si mi corazón es lo suficientemente puro, abrirá el pasadizo que conduce a un mundo mágico y misterioso de criaturas míticas", digo, mientras me ponndo de pie lentamente.

"Usted es un espécimen muy fino de la verdad desconocida. Definitivamente eres único. Me encantaría explorar el bosque oculto que hay dentro de ti y que compartas la inmortalidad conmigo. Quiero saber la verdad sobre todo", digo, mientras pongo mi mano sobre el gran roble.

Después de aproximadamente un minuto más o menos, el gran roble comienza a abrirse, revelando así un pasadizo oculto a Dios sólo sabe dónde. Me puse extremadamente nervioso al entrar en el roble gigante. Mi corazón late tan rápido que siento que mi pecho está a punto de explotar.

"No tengo miedo, ni miedo en absoluto", me digo a mí mismo, mientras sigo el pasadizo hasta el final y me lleva a lo que se cree que es el misterioso mundo de las criaturas míticas.

Al llegar al final del pasadizo, mis ojos estaban hipnotizados por la belleza del Bosque Misterioso. Salí del gran roble y cuando mis dos pies golpearon el suelo, el pasadizo comenzó a cerrarse.

"Lo hice, de hecho, lo hice. Encontré el mundo mágico de criaturas misteriosas. No puedo creer que lo encontrara", me digo a mí mismo, mientras sonrío con incredulidad.

"Todo lo que necesito hacer ahora es demostrarme a mí mismo que las criaturas místicas existen, y no descansaré hasta que lo haga", me digo a mí mismo, al comenzar mi afortunado viaje.

"Las rosas son rojas y las violetas son azules, pero donde yo estoy, las rosas son púrpura, amarilla, naranja, y las violetas también lo son."

"Me pregunto qué pasaría si tocara a uno de ellos", me digo a mí mismo, mientras me agacha y recojo una rosa púrpura de un rosales.

"Oye, oye, oye, bruto, baja mi casa ahora mismo", grita una voz diminuta. La voz diminuta venía de dentro de la pequeña rosa púrpura.

"¿Cómo te gustaría que alguien viniera y recogiera tu casa mientras estabas cenando?", dice la diminuta voz, mientras se abre una pequeña puerta en el lado de la rosa púrpura.

"Tienes un poco de valor, amigo mío, llegando a mi cuello del bosque y destruyendo mi casa como acabas de hacerlo. Tienes suerte de no ser un poco más grande o limpiaría el suelo contigo", dice la diminuta voz, mientras un sprite vuela desde una pequeña puerta a un lado de la rosa.

"Lo siento, no sabía que esta era tu casa. Pensé que era sólo una rosa simple, una rosa púrpura regular creciendo en un arbusto simple regular", le expliqué a la pequeña criatura voladora.

"Una rosa simple en un arbusto simple regular. Me tomó mucho tiempo cultivar esta simple rosa. Ustedes los gigantes son todos iguales, todos brawn y sin cerebro. Tomas, tomas y tomas, y cuando terminas, tomas un poco más. Ahora baja mi casa. Tengo que encontrar una manera de volver al rosal antes de que oscurezca", me dice el Sprite.

Le respondí: "Puedo ayudarte, si me dejas".

"Ayuda de un gigante, no gracias. Probablemente me come rías si tuvieras la oportunidad también. Pon mi casa en el suelo y muévete, ya deberías saber que tu tipo no es bienvenido aquí. ¿Qué clase de gigante eres? Debes ser el pelado de la camada porque eres mucho más pequeño que los otros gigantes", preguntó el sprite.

"No soy un gigante, soy un hombre, un ser humano", le contesto.

"Eso es gracioso, nunca he oído hablar de un ser humano. Me gustaría preguntarte esto, ¿qué haces aquí y de dónde vienes? Pero realmente no importa a la mayoría de las criaturas porque estás aquí. En este bosque te consideran un gigante porque eres mucho más grande que la mayoría de las cosas aquí", me dice, mientras vuela mientras su diminuto cuerpo emite una luz brillante.

"No soy un gigante. Como te dije antes, soy un hombre y sin faltar al respeto, ¿qué se supone que eres, algún tipo de luciérnped hablado", le pregunté?

"¿Cómo te atreves a compararme con una lúcida parlando? No soy un insecto, soy un sprite; un hada espiritual, de hecho, todos lo somos", responde, mientras cientos de hadas y sprites salen de sus coloridas rosas y vuelan hacia el cielo.

"Ves humano, todo es mágico aquí, si realmente crees en él. Así que ahora ves lo que somos, no sólo somos hadas comunes o sprites de mente simple. Somos los protectores del árbol místico de la vida. Somos los verdaderos guardianes de este mundo. Todas las historias imaginarias de las que has oído hablar a lo largo de tu vida están a punto de hacerse realidad y las experimentarás todas, una a la vez. Así que, si no eres un gigante, entonces mi consejo para ti es que te alejes de ellos porque te comerán si sienten que no eres uno de ellos", explica, mientras cientos de criaturas voladoras mágicas llenan el cielo mientras sus pequeñas luces brillantes parpadean.

"No quise faltarle el respeto a usted o a nadie más. Tú y los tuyos son criaturas verdaderamente increíbles, y dices que eres el guardián del árbol místico de la vida.

Wow, qué maravilloso es eso", le pregunté, mientras me acerqué a mi bolsa de viajeros y saco mi pequeño bloc de notas y empiezo a escribir mientras me siento en el suelo.

"Los sprites y las hadas son reales."

"Lo sé porque los he visto, en realidad hablé con uno. La conversación no salió bien al principio debido a un ligero malentendido, pero al final de la conversación, descubrí que los sprites y las hadas son seres muy extraordinarios", me digo a mí mismo, mientras dibujo una imagen de las diminutas criaturas volando a mi alrededor.

A medida que sigo escribiendo en mi pequeño bloc de notas, me duermo y empiezo a dormirme a medida que la noche se arrastra lentamente.

Mientras dormía, empecé a tener pesadillas de algo persiguiéndome por toda la selva. Fue un sueño extraño porque cada vez que trataba de ver lo que me seguía, me despertaba con un profundo sudor. El sueño aterrador continuó sucediendo durante toda la noche hasta que finalmente dije: "Ya es suficiente".

Una vez que estaba completamente despierto, pude ver que todavía estaba oscuro, y los sprites mágicos y las hadas se habían ido. "¿Esa era parte de mi sueño también", me pregunté, mientras me metía en la bolsa de mis viajeros y sacaba mi pequeño cuaderno y empezaba a leer?

"Los sprites y las hadas son reales."

"Lo sé porque los he visto, en realidad hablé con uno. La conversación no salió bien al principio debido a un ligero malentendido, pero al final de la conversación descubrí que los sprites y las hadas son seres muy extraordinarios".

"Es difícil distinguir el hecho de la realidad aquí. Quiero decir, ¿es una realidad que el hecho aquí es real o es un hecho que la realidad aquí es real? Uno nunca lo entenderá realmente", me digo a mí mismo, mientras me detejo de pie.

Capítulo 3:

A medida que empiezo a caminar por todo el bosque, empiezo a escuchar ruidos muy extraños. A medida que me acerqué al ruido, veo tres cabras billy de tres tamaños diferentes. Una cabra billy grande, una cabra billy mediana y una pequeña cabra billy discutiendo entre ellos.

"¿Cuál parece ser el problema aquí", le pregunté?

"Es una carrera gigante,", grita una de las cabras billy.

"Espera, espera, espera, no soy gigante. Simplemente soy una persona grande que pasa por aquí", respondo rápidamente.

"Sí, sí, sí, eso es lo que todos dicen justo antes de que te engullin", me dice una de las cabras billy.

"¿Cómo puedo demostrar a ustedes tres que no soy gigante", les pregunté?

"Bueno, ya que usted preguntó, usted puede ayudarnos a cruzar el puente que conduce a los campos de hierba en el otro lado. Pero no será tan fácil como parece porque el puente está custodiado por un malvado troll que exige un peaje caro para el cruce", respondió una de las cabras billy.

"¿Qué clase de peaje", le pregunté?

"Un peaje muy caro, uno que requiere que coma uno de nosotros. Por eso discutimos porque no podemos decidir quién llega a ser comido o quién puede vivir para cruzar el puente", explica una de las cabras billy.

"¿Qué tal si no se come a nadie y voy a ir allí, y voy a hablar con este troll malvado yo mismo", le contesto?

"Adelante gigante, es tu funeral", dice una de las cabras billy, mientras continúan discutiendo entre ellos sobre quién es comido.

A medida que se acerca la luz del día, me encuentro caminando hacia un puente que supuestamente está custodiado por un malvado troll. Al llegar al puente, no veo nada, ningún troll, sólo agua debajo del puente.

Al pisar el puente oigo: "¿Quién se atreve a cruzar mi puente sin mi permiso?"

"Soy yo, Dominic Elías, amigo de las hadas quien guarda el árbol místico de la vida", le contesto.

¿Qué negocio tienes cruzando mi puente", preguntó la voz enfadada?

"Estoy aquí para asegurarme de que las tres cabras billy cruzen este puente hasta los campos de hierba ilesos", respondo.

"Ja, Ja, Ja, me haces reír pequeño gigante. Pero ya les he dicho que permitiré que dos cabras pasen sobre el puente a cambio, la tercera cabra será devorada; no hay excepciones", me dice.

"¿Qué tal si te muestras para que podamos hablar cara a cara porque no me gusta lidiar con anomalías inesperadas?"

"¿Qué tal si pagas el peaje primero", dice la voz enojada, mientras un enorme troll viene de debajo del puente?

"Eres un troll muy grande", digo yo, mientras empiezo a alejarme del puente.

"Sí, dime algo que no sé. ¿Dónde está mi peaje porque me estoy frustrando y con hambre? Prefiero comer cabras billy, pero puedo hacer una excepción para un pequeño gigante como tú", me dice, mientras me mira.

"Sabes que si intentas comerme los otros gigantes vendrán a buscarte y eventualmente te encontrarán. Entonces, te comerán", le digo, mientras camino lentamente hacia el puente.

"Usted tiene un punto allí pequeño gigante. Así que, dime esto, ¿cómo me lleno el vientre sin molestar a los otros gigantes", preguntó?

"Y aquí está la respuesta a su pregunta; dejas que las dos primeras cabras billy crucen el puente sanos y salvos y cuando el tercer billy goat cruza, saltas y te lo comes", le expliqué.

"Suena bastante justo, pero ¿qué hay de ti", preguntó?

"No necesito llegar a los campos de hierba, así que simplemente estaré en camino después de ver que las otras dos cabras billy llegaron a salvo a través del puente", respondo.

"Vale, pero no mencionarás ni una palabra a los otros gigantes sobre mí tratando de comerte. ¿Tenemos un trato", preguntó el troll?

"Sí, tenemos un trato", le digo, mientras vuelvo a las tres cabras billy.

Al llegar a las tres cabras billy, se sorprendieron de que yo todavía estuviera vivo.

"Entonces, ¿qué te dijo el troll", preguntó una de las cabras billy?

"Dijo que dos de ustedes pueden cruzar el puente, pero el tercero será comido", le expliqué.

"Entonces usted no ha logrado nada pequeño gigante. Ese fue el mismo trato que nos hizo antes", me dice una de las cabras billy.

"Sí, pero los trolls son muy estúpidos, al menos éste lo es. Está dando a dos de ustedes libre paso sobre su puente y va a saltar cuando el tercero intente cruzar. Piénsalo, ¿alguno de ustedes ha oído hablar del término piggyback montando?

"No, porque somos cabras, no cerdos", responde una de las cabras billy, mientras comienza a comer la hierba.

"Bueno, montar a caballo es donde un cerdo se sube a la parte trasera de otro cerdo para disminuir el número de cerdos. Verás, si el troll espera que tres cabras billy crucen el puente y sólo dos cabras billy crucen, entonces estará allí esperando para siempre hasta que llegue la tercera cabra billy, pero no habrá una tercera cabra billy. Si sigues con este plan, tendrás tus campos de hierba y habrás superado a un estúpido troll", les expliqué.

"Eso suena mucho mejor que ser comido'", dice el más pequeño billy goat, mientras se sube a la parte posterior de la cabra billy más grande.

"Sólo recuerda que una vez que cruzas el puente, no hay vuelta atrás. Los trolls son muy estúpidos, pero no caerán en el mismo truco dos veces", les digo a las cabras billy, mientras se dirigen hacia el puente.

Mientras las tres cabras billy llegaron al puente de los trolls enojados, me paré allí y observé como las tres llegaron a salvo a través del puente a los campos de hierba.

Mi trabajo aquí está hecho. Las tres cabras billy están a salvo y viviendo sus pequeñas vidas felices dentro de los campos de hierba, mientras un troll enojado se sienta debajo de su puente esperando una comida que nunca llegará.

Capítulo 4:

Mientras camina por todo el bosque todo está empezando a salir despejado. "Estoy empezando a pensar que estoy dentro de algún tipo de libro de rimas infantiles", pensé para mí mismo, como un pequeño conejo blanco con un reloj de tiempo corriendo alrededor de su cuello viene corriendo más allá de mí diciendo: "Dios mío, llegué tarde, llegué tarde, soy realmente tarde".

"¿Para qué llegas tarde", le pregunté?

"No importa, llega tarde, llega tarde, soy realmente tarde", dice, mientras corre en círculos a mi alrededor.

Empiezo a reírme mientras el conejo blanco corre más lejos en el Bosque. Definitivamente tiene prisa por algo que es extremadamente importante. "Debo averiguar para qué es para qué llega tarde", me digo a mí mismo, mientras lo sigo por todo el bosque.

Mientras camino por todo el bosque, estoy constantemente viendo "Cuidado con los letreros de Ogres, diciendo: "Mantente fuera de mi pantano".

Esto debería ser interesante. Nunca había visto un Ogro. Me pregunto cómo se ven. Probablemente vicioso como criaturas que comen todo a la vista como ese troll desagradable con el que me encontré hoy temprano.

Mientras continuaba, me encontré con un burro que buscaba una flor azul con espinas rojas. "Flores azules con espinas rojas, flores azules con tronos rojos. Esto sería mucho más simple si no fuera daltónico", dice, mientras busca una flor que está claramente justo delante de su cara.

"¿Estás buscando esto", digo yo, mientras recojo un puñado de flores azules con espinas rojas?

"Sí, sí, ha sido gravemente herido. Debo volver con estas flores", dice el burro, mientras me saca las flores de la mano con la boca y se escapa.

"¿Quién está gravemente herido", digo, mientras sigo al burro más lejos en el Bosque?

Al llegar a un parche claro en el bosque, justo delante de mis ojos, veo un enorme Ogro con una flecha colgando de su trasero, mientras que la compañera femenina de su lucha por sacar la flecha hacia fuera.

El burro corre por círculos con flores azules con espinas rojas en la boca preguntando si el Ogro va a morir.

"No, él no va a morir burro", dice la hembra, mientras saca la flecha del trasero del ogro.

"Bueno, si no va a morir, ¿por qué tenías que ir a buscar estas flores", preguntó el burro?

"Las flores eran una distracción. Necesitaba que te fueras burro, para poder sacarle la flecha del trasero", respondió ella.

"Bueno, ¿por qué no lo dijiste, y es esa sangre en esa flecha? Es sangre, ¿no?", preguntó el burro, mientras de repente se desmayaba al ver la sangre del Ogro?

Empiezo a reírme mientras camino más cerca de los Ogros y grito: "Bravo, bravo, gran escena Shrek", digo, mientras el Ogro se levanta y dice: "No soy Shrek, ¿y qué estás haciendo en mi pantano, gigante bebé?".

"Bueno, esto no es realmente un pantano, a menos que quieras llamar a este bosque un pantano, pero entonces te estás perdiendo una cosa Ogro, y esa sería el agua", le contesto.

"Este es mi pequeño gigante pantanoso y estás invadiendo", grita el Ogro, mientras se enfurece y comienza a derribar árboles.

"Lo siento Ogro. No quise faltarle el respeto al entrar ilegalmente en sus tierras pantanosas. Dejaré tu pantano y te prometo que no volveré", le digo.

"Sé que no volverás porque no te vas. ¿Sabes lo que les pasa a los gigantes cuando entran en mi pantano", preguntó el Ogro?

"Um, en realidad no y prefiero no saber", le contesté.

"El último gigante que entró en mi pantano, le arranqué la cabeza de los hombros con mis propias manos y luego bebí la sangre de su cadáver moribundo justo antes de comélo entero", dice el Ogre, mientras gruñe conmigo.

"Bueno, eso es simplemente desagradable", le contesto.

"Entonces, ¿qué crees que podría hacerle a un pequeño gigante de media pinta como tú", preguntó, mientras se paraba ante mí gruñendo?

""Dame un pase de pantano", digo, mientras me reí un poco.

"Lo tienes", dice, mientras se ríe y me da palmaditas en la espalda. "Deberías haber visto la mirada en tu cara. La expresión facial en tu rostro no tenía precio, especialmente cuando ledije: "Bebí la sangre de su cadáver moribundo justo antes de comé todo él". Definitivamente valió la pena reír", dice el Ogro, mientras sonríe y se sienta en un pisotón de árbol roto.

"¿Qué, me estoy perdiendo algo", le pregunté?

"Sí, te estás perdiendo muchas cosas. Es una pena que no puedas ver lo que te estás perdiendo. Los ogros no comen gente, y mucho menos gigantes. Preferimos la compañía de insectos blandos, peces y criaturas blandas porque los huesos afilados de una presa más grande son realmente malos para nuestros dientes", dice, mientras me sonríe revelando sus horribles dentículos verdes.

"Entonces, ¿no me vas a comer", le pregunté?

"No a menos que puedas convertirte en una mariquita gigante. El relleno de crema sería muy deseable", dice, mientras me mira y sonríe.

"Siento decepcionarte Ogre, pero no puedo convertirme en una mariquita gigante ni nada más que me haga comer", le contesto.

"Vístete a ti mismo", dice el Ogro, mientras recoge hongos de los pies de debajo de su uña.

"Antes dijiste que Ogres no come humanos y mucho menos gigantes, ¿qué querías decir con eso? ¿Has visto a un humano antes", le pregunté?

"¿He visto uno, o los he visto a todos? Haz la pregunta correcta y recibirás la respuesta correcta", me dice.

"¿Alguna vez has visto pequeños gigantes tan pequeños como yo que se llamaban humanos", pregunté?

"Tal vez, o tal vez no, ¿quién pregunta", pregunta el Ogro?

"Te pregunto y ¿por qué estás jugando a estos tontos juegos mentales conmigo", le grito, mientras me siento frustrado?

"Porque estoy aburrido, y burro no es lo suficientemente inteligente como para jugar juegos mentales conmigo. Le da dolor de cabeza porque le falta sentido común y mi esposa, bueno, digamos que está demasiado ocupada con cocinar y limpiar para jugar. Así que parece que estás atascado jugando conmigo", dice, mientras me mira y sonríe.

"Bien, entonces, ¿qué juego estamos jugando'", le pregunté, mientras me sento en el pisotón de árbol roto justo al lado del ogro?

"Juguemos al "Qué estoy jugando"", dice el Ogro, mientras me sonríe.

"Bien, pero tú primero", le digo al Ogro mientras comienza a hablar. "Mis garras delanteras son como el número tres, pero mis patas traseras dirían que estoy mintiendo. Tengo un pecho blanco con un chaleco de ala, a veces tengo ganas de volar. Mira cómo te acercas a mí en la naturaleza o se sentirá como si te estuvieras muriendo. Si no sabes lo que estoy intentando", me dice el Ogro.

"Um, vamos a ver, tienes tres garras delanteras, tienes un pecho blanco en un ala-que significa que tienes alas, y se puede volar. Tus patas traseras dirían que estás mintiendo o es león. Si me acercara a ti en la naturaleza, se sentiría como si me estuviera muriendo. Eres un Griffin, ¿tengo razón", le pregunté?

"Sí, buen trabajo pequeño hombre humano", responde el Ogro, mientras me sonríe.

"Espera a Ogre, ¿cómo sabías que yo era un hombre humano", le pregunté?

"Sigue jugando el juego y te daré la respuesta que buscas. Así es como Ogres negocia", responde.

"Bien, ve otra vez, se lo digo", mientras comienza a hablar. "Mi piel es oscura y escamosa, pero lisa debajo. Un bocado de mí y probablemente estaría recogiendo tus huesos de mis dientes. Mi respiración es pesada, y mi vuelo es más alto, no puedes huir de las llamas porque el calor es más caliente que el fuego. ¿Qué soy yo?", preguntó?

"Eso es simple, eres un dragón. ¿Tengo razón", le pregunté?

"Sí, eres el hombrecito correcto."

"Dos humanos como tú pasaron por mi pantano hace algún tiempo en busca de algo. Me dijeron que eran de otro mundo y que venían a través del pasadizo del árbol místico de la vida. No sé qué les pasó a esos dos hombres humanos, sólo sé que de repente desaparecieron un día y nunca más fueron vistos", me dice.

"¿Dijeron lo que estaban buscando", le pregunté?

"Uno de los humanos estaba en busca de riqueza y gloria. El otro humano estaba buscando la inmortalidad, pero creo que ambos obtuvieron lo que estaban buscando, al igual que tu hombrecito, una vez que desapareces", dice el Ogro, mientras comienza a reírse.

"Ja, ja, ha muy divertido Ogro, pero no estoy buscando ninguna gloria, riqueza o inmortalidad; esas cosas no me importan. Debo dejarte ahora, no puedo quedarme aquí y entretenerte más. Debo seguir adelante, estoy en busca de la criatura mística conocida como pegaso", le digo.

"Lo que es tan importante de un caballo volador, ni siquiera pueden hablar. Esos ignorantes no conocen sus colas de sus extremos inferiores. Todo lo que hacen es hacer pequeños ruidos estúpidos y volar lejos una vez que te acerques a ellos. Mi opinión profesional es. seguir con los ogros. Al menos estarás a salvo aquí en mi pantano porque lo que buscas es inútil y nunca te acercarás a ningún Pegasus y vivirás para contarlo; Te lo prometo", responde.

"Veremos a Ogro. Me acerqué a ti y viví para contarlo, así que no me subestimes", le contesté, mientras sonreía y empezaba a alejarme.

Capítulo 5

Mientras sigo con mi viaje en busca del Pegaso Místico, me di cuenta de que no he comido hoy. Así que me senté en el suelo y me metí en la bolsa de mi viajero y saqué una barra de Nutri-Grain y empecé a comerla. Mientras comía mi bar Nutri-Grain algo muy rápido pasó por delante de mí. "¿Qué diablos fue eso? Sea lo que sea, fue rápido con una velocidad increíble", me digo a mí mismo, mientras saco un libro de la bolsa de mi viajero y empiezo a leer mientras sigo comiendo.

Después de aproximadamente una hora de lectura, mis ojos comienzan a cansarse mientras un poco de tortuga verde viene vagando. "Hola allí y ¿a dónde vas a toda prisa", le pregunto a la tortuga?

"Estoy en medio de una carrera y creo que voy a ganar, sin embargo, la Liebre todavía tiene una ventaja gigantesca sobre mí", dice la Tortuga, mientras se mueve lentamente más allá de mí.

"Espera, quieres decirme, esa cosa que pasó por delante de mí antes era un conejo. No me gusta ser el portador de malas noticias, pero la liebre que estás corriendo es demasiado rápida para que la superes. Probablemente ya esté esperando en la línea de meta por ti porque es tan rápido. Lo siento Tortoise, pero la carrera en la que estás probablemente ya ha terminado", le digo, mientras empiezo a sentir lástima por el pobre pequeño.

"Nunca pierdas la esperanza joven muchacho, nadie te ha dicho nunca que ser súper rápido no lo es todo como parece porque te estás moviendo tan rápido que subestimas las posibilidades. Ser súper inteligente y tomarte tu tiempo mientras te concentras en lo que tienes justo delante es cómo burlas a tu oponente. A mi amigo sólo le falta confianza debido a mis diminutas piernas y mi velocidad lenta y no mi ingenio y mi dedicación a luchar por la excelencia y debido a eso, me has dado la fuerza y el coraje para seguir adelante. Creo que la carrera no terminará hasta que pase la línea de meta en primer lugar. Tan largo pequeño gigante y que tu día pase tan bien como el mío", dice la tortuga, mientras avanza lentamente.

Tanta tortuga, buena suerte y que tu día pasara tan bien como el mío también", grito, mientras vuelvo a poner mi libro en la bolsa de mis viajeros y me dirizo por el mismo camino en el que viajaba la tortuga.

A medida que pasa el día, el sol se desvanece lentamente cuando una media luna aparece dentro de la oscuridad. Las criaturas durante el día se refugian mientras las criaturas de la noche comienzan a despertar. La noche aquí parece más ocupada que el día, es más activa, más violenta y mucho más aterradora.

Necesito buscar refugio porque estoy aquí en el bosque solo y no hay nada que diga lo que está acechando en estos bosques. "Una pausa en el baño sería agradable", me digo a mí mismo, mientras dejo la bolsa de mi viajero en el suelo mientras descomprimo mi cremallera y drena la comadreja.

"Hablando de la comadreja, ¿a dónde fue esa pequeña tortuga", me digo a mí mismo, mientras me tiro la cremallera, cojo la bolsa de mi viajero y sigo con mi viaje?

Mientras busco refugio, me encontré con la Liebre que está corriendo contra la tortuga: "Buenos días a ti, amigo mío, ¿cómo va la carrera entre tú y esa tortuga muy lenta", le pregunté?"

"La carrera va muy bien. Esa estúpida tortuga está tan atrás que podría dormir aquí toda la noche y despertarme por la mañana y seguir estando a la cabeza", responde.

"Oh, en realidad, no creo que puedas vencer a la tortuga en una carrera justa, pero si crees que puedes, pruébamelo entonces. Te reto a que te quedes aquí toda la noche y continúes con la carrera por la mañana y luego veremos si sigues al frente. No subestimes esta tortuga, es mucho más inteligente de lo que crees", digo, como yo llamo su farol.

"Puedo vencer a esa tortuga poke lenta corriendo conmigo con los ojos cerrados y un pie atado a mis espaldas. Así de rápido soy, nadie es más rápido que yo", dice la liebre, mientras corre círculos a mi alrededor.

"Creo que eres súper rápido, podrías ser la liebre más rápida de la historia. Por eso te pedí que te quedaras aquí esta noche para que dejaras que la tortuga te alcanzara. Luego, una vez que te alcanza, simplemente puedes pasar por delante de él mientras se come el polvo hasta la línea de meta", le contesto.

"Um, me gustaría ver la mirada en su cara cada vez que voy a toda velocidad más allá de él. Correré tan rápido que mi velocidad lo golpeará en su caparazón. Él estará de espaldas girando en círculos mientras corro a través de la línea de meta victorioso", me explica la liebre.

"Entonces los veré a los dos en la línea de meta", le digo, mientras sigo con mi viaje.

"A medida que sigo caminando por el bosque, empiezo a hablar conmigo mismo: "Creo que hice bastante bien en convencer a la liebre de permanecer en un solo lugar por la noche y ahora que todo se ha puesto en su lugar y los campos de juego están parejos, la tortuga podría tener una ligera oportunidad de vencer a esa arrogante bola de liebre a través de la línea de meta mañana por la mañana".

Continué toda la noche, pero lo que no sabía es que no estaba solo. Tenía una etiqueta de largo, imagínate eso; me usa una criatura que piensa que es más listo que yo.

"Sé que estás dentro de la bolsa de mi viajero, pero no diré nada porque has burlado a la Liebre", digo, mientras sigo caminando.

El tiempo pasa lentamente mientras sigo viajando durante toda la noche. No conseguimos encontrar tu ubicación exacta.

La puesta de sol se eleva a medida que me camino a la línea de meta. No estoy muy lejos del destino y realmente no soy tan bueno en matemáticas, pero los cálculos que se me han ocurrido me dicen que la liebre probablemente llegará a la línea de meta al mismo tiempo que yo.

La mañana pasa a medida que el destino se acerca cada vez más. Puedo ver la línea de meta desde una pequeña distancia, así que continué caminando. Necesitaba demostrar un punto a la Liebre y mi punto es: "La velocidad no siempre gana la carrera". Después de unos veinticinco minutos finalmente llegué a mi punto objetivo, pero no pisé la línea de meta por alguna razón aparente. Me quedé ahí parado y esperé a que la liebre que se movía rápidamente hiciera su aparición.

Mientras seguía esperando en la Liebre, puse la bolsa de mi viajero en el suelo justo al lado de la línea de meta. Me senté allí y observé cómo la liebre que se movía rápidamente se acercaba a mí a una velocidad fenomenal. "Eres realmente rápido, increíblemente rápido", le digo a la Liebre, mientras cruza la línea de meta.

"Dime algo que no sé. Soy lo más rápido de este bosque", responde la Liebre.

"Si eres tan rápido, ¿por qué tardaste tanto en llegar aquí", le pregunté?

"¿Qué importa? Primero crucé la línea de meta, así que eso me convierte en el ganador", responde la Liebre.

"Estoy totalmente en desacuerdo con esa noción. Llevo minutos parado aquí en este mismo lugar, esperando a que uno de ustedes cruce la línea de meta y, para mi recuerdo, no fuiste el primero en cruzar", le digo mientras lo miro y sonrío.

"Le gané a la tortoise feria y plaza. Es el poke lento, no yo. Probablemente ahora esté en el lugar donde descansé anoche", dice la Liebre, mientras trata de convencerme de que él es el ganador y que la Tortuga sigue en la carrera.

"Ruego que diferencie", digo, mientras señalo un gran roble al otro lado de la línea de meta. "Ha estado esperando impacientemente allí durante los últimos minutos, sólo para que pudiera ver la mirada en tu cara mientras cruzabas la línea de meta en segundo lugar", le digo, mientras empiezo a sonreír.

"Esto no puede ser cierto. Eso significaría que la tortuga es más rápida que yo", dice la Liebre, mientras mira hacia arriba y ve a la Tortuga apoyada contra el gran roble mientras se para directamente con las patas traseras cruzadas mientras sonríe a la Liebre, mientras una sola paja de heno cuelga de su boca.

"Subestimas a tu oponente, contaste tu velocidad para ganar la carrera por ti, pero al final, tu velocidad te falló. Una lección perdida es una lección bien aprendida", le digo a la Liebre, al darse cuenta de que perdió la carrera contra la Tortuga.

"Debe haber hecho trampas de alguna manera porque no hay manera de que pudiera haber corrido la carrera y haberme golpeado justo y cuadrado sin la ayuda de alguien", dice la Liebre, mientras mira la bolsa de mi viajero. "Ustedes, tramposos, lo llevaron toda la carrera, ¿no?" preguntó la Liebre, mientras me miraba con ojos cansados?

"Quieres hablar de hacer trampa, entonces tal vez deberías haber corrido la justa de la carrera y cuadrado sin usar tu velocidad. Si hubieras empezado con igualdad de condiciones, habría tenido la misma oportunidad de ganar la carrera, pero no lo hiciste. Así que ahora tienes que enfrentarte al hecho de que perdiste la carrera por una tortuga".

"Todo este tiempo, pensé que estaba corriendo la tortuga, cuando en realidad, realmente estaba compitiendo contigo. Entonces, ¿quién eres y qué haces en este bosque porque todos aquí saben que gigantes y criaturas extrañas, como tú, no pueden bajar de las montañas", preguntó la Liebre?

"No soy una criatura de este bosque. Vengo de un bosque lejano donde animales como tú no pueden hablar", le digo.

"¿Cómo sabes que no pueden hablar? ¿Alguna vez has intentado hablar con ellos", preguntó la Liebre?

"No, no he intentado hablar con ellos porque mi bosque es diferente al tuyo. Su bosque es mágico, lo que le da a la vida silvestre aquí la capacidad de comunicarse y entenderse a través de un lenguaje hablado. Donde soy de los bosques no son mágicos. Por lo tanto, nuestra vida silvestre no habla el mismo idioma ni se comunica igual que el suyo aquí", respondo.

"Bueno, eso es encantador de saber, extraño de un bosque distante, pero nunca respondiste a mi pregunta. ¿Qué haces aquí", preguntó la Liebre?

"Estoy en busca del pegaso místico. Me dijeron que vivían dentro de este mismo bosque", respondo.

"No se llaman Pegasus místico. Son caballos ordinarios con alas que tienen miedo de sus propias sombras. Entonces, ¿qué tiene de especial los que te llaman la atención? Ni siquiera puedes acercarte a uno de ellos sin que se asusten y vuelen", dijo.

"Porque nunca he visto un caballo con alas y eso es sólo porque nuestros caballos no tienen alas; así que no vuelan", le contesté.

"¿Cómo escapan del daño de las criaturas terrestres si no pueden volar", preguntó?

"Corren, corren tan rápido como pueden, como tú", le digo a la Liebre.

"Los caballos de tu pasado, deben ser bastante doggone rápido para que les quiten las alas y se los quiten", me dice.

"Nuestros caballos nunca han tenido alas, así que no había nada que quitarles, sino su libertad. Siempre han corrido libres en la naturaleza, hasta que un día conocieron al hombre y les quitaron su libertad. No hay caballos corriendo libremente en mi bosque y si los hay, están solos", le digo.

"Qué verdaderamente triste es escuchar esto sobre los caballos de tu bosque, pero al mismo tiempo, necesito que entiendas que las criaturas aquí en este bosque, no te dejaremos hacerle eso a nuestros caballos. Respetamos el Pegasus, y el

Pegasus nos respeta. Así que, dicho esto, si todavía estás en busca del místico Pegaso, considera tu búsqueda porque las criaturas de este Bosque protegerán la libertad de nuestros caballos voladores por cualquier medio necesario", me dice.

"No quiero decir ningún daño al pegaso místico; debes creer me. Sólo quiero acercarme a uno y eso es todo", le expliqué.

"La magia dentro de estas criaturas místicas es sagrada. Si te metes con el equilibrio de las criaturas, te metes con el equilibrio del bosque. Siempre recuerda esto", me dice, mientras me mira.

"Tienes mi palabra Liebre, que ningún daño caerá sobre el pegaso místico. Siempre respetaré el misterioso bosque y las criaturas dentro de él. Debo dejarte ahora. Adiós Liebre y espero que su día pasa tan bien como el mío", digo, mientras lo miro.

"Buenos días extraños de un bosque diferente y que los días de tu viaje sean verdaderamente amables contigo", dice la Liebre, mientras sigo con mi viaje.

Capítulo 6:

Los días pasan a medida que avanza lentamente la noche. Es una luna llena esta noche y criaturas aterradoras están al acecho por todo el bosque. "Realmente necesito descansar un poco, no he dormido en casi dos días", me digo a mí mismo, mientras encuentro un lugar seguro para acostarme en el suelo.

Estaba tirado en el suelo junto a lo que parece ser una especie de buzón pequeño, pero nunca le presté más atención después de eso. A medida que pasa la noche, la temperatura baja a medida que el suelo en el que estaba acostado se vuelve más frío. Voy a través de la bolsa de mi viajero para encontrar algo con lo que cubrirme. Saqué el traje de Ghillie de camuflaje que el viejo me devolvió cuando estaba en la tienda de espadachines, así que lo usé para cubrirme. Al cerrar los ojos, me duermo lentamente. Dormí la mitad de la noche, pero luego me despertó algo o alguien pasando por la bolsa de mi viajero.

Lo mejor del traje Ghillie de camuflaje es que puedes ver, pero no pueden ver en. Me acosté allí y vi como algo con una capa roja atravesaba la bolsa de mi viajero.

No puedo ver la cara de esta criatura porque una capa roja lo cubre todo. Pero por lo que puedo ver, esta no es una criatura mística. "De hecho, casi se parece a una niña", me digo a mí misma, mientras inmediatamente cojo un brazo.

"Suéjame el brazo", dice, mientras trata de alejarse de mí.

"¿Quién eres y qué haces pasando por mi bolso", le pregunté?

"Mi nombre es Little Red, y tu bolso estaba tirado aquí en medio del Bosque. No sabía que te escondías debajo de la hierba, pero si lo hubiera hecho, habría seguido avanzando. Me dirigía a la casa de mi abuela para entregarle esta cesta de pasteles que mi madre hizo para ella, cuando vi la bolsa acostada aquí sola. No estaba tratando de robarte", dice, mientras deja de pulular y me mira.

"Te creo", le contesto, mientras dejo ir su brazo.

"Mis intenciones son buenas. No necesito robarle a un viajero solitario como tú", dice, mientras se inclina para recoger su cesta de pasteles. "Siento molestarte, pero debo irme ahora, mi abuela me estará esperando pronto", dice, mientras me mira revelando su rostro.

"No eres humano", digo yo, mientras miro directamente a los ojos de la chica.

"Quienquiera que dijera que era", responde ella.

"Tienes el cuerpo de un niño, pero, sin embargo, tu cara se parece al aspecto de un gatito."

"Soy un Maine Coon; somos las razas naturales más antiguas del bosque. ¿Qué creías que era yo, una bestia de hombre sin pelo como tú", preguntó?

"Lo siento, sólo pensé que eras un niño humano normal yendo a la casa de su abuela", le contesto.

"Soy normal, pero no soy un niño humano, soy un niño de Maine Coon, y tengo prisa. Así que, si no te importa, debo estar en camino ahora", me dice, mientras se salta.

"Un niño de Maine Coon, qué raro es eso", me digo a mí mismo, mientras me acerco a recoger la bolsa de mi viajero.

"He oído hablar de centauros, son mitad hombre medio caballo, pero nunca en mi vida he oído hablar de un Maine Coon", me digo a mí mismo, mientras me acerco a mi bolso y saco mi pequeño bloc de notas y escribo: "Definición de un Maine Coon, cuerpo de un humano con la cara de un gato".

Estaba dibujando una foto de la chica con capucha roja cuando oí los aullidos. Mientras miro hacia arriba en la luna llena algo grande y peludo pasa por delante de mí a cuatro patas. Sólo lo vi porque corría tan rápido, pero parecía un gran lobo de madera malo, y creo que está siguiendo al niño Maine Coon con capucha roja a la casa de su abuela.

Puse mi bloc de notas de nuevo en la bolsa de mi viajero y empecé a correr detrás del gran lobo de madera mala.

Al ritmo que viajaba, habría superado a la niña de Maine Coon antes incluso de que ella llegara a la casa de su abuela. Si el lobo llega a la casa de la abuela antes de que lo haga el niño con capucha roja, probablemente terminaría comiéndola. "¿Por qué todo esto me suena vagamente familiar?", pensé, mientras continuaba corriendo por todo el bosque.

Corrí hasta llegar a una pequeña cabaña blanca y marrón en un claro del bosque. Es obvio que alguien está en casa porque hay humo saliendo de la chimenea.

Caminé hacia la puerta principal, traté de abrir la puerta, pero estaba cerrada desde adentro. Luego fui por la casa a la ventana lateral. La ventana estaba abierta y mientras bajaba las cortinas, vi a la niña roja con capucha de pie sobre la cama de su abuela. Su abuela estaba cubierta de la cabeza a los dedos del pie con mantas blancas. Pero no eran las mantas que me preocupaban; era lo que sobresalía de la manta lo que realmente me preocupaba. O su abuela tiene un mal caso de pie de atleta o es parte animal de cintura para abajo. Las patas grandes, con las uñas de los pies afiladas, es lo que la regaló.

Mientras concentro mi atención en el niño con capucha roja, oigo: "Abuela, qué ojos tan grandes tienes", dice la niña con capucha roja.

"Mejor verte con mi querida", responde la abuela.

"Abuela, qué orejas tan grandes tienes", dice el niño con capucha roja a continuación.

"Mejor escucharte con mi querida", responde la abuela.

"Abuela, qué nariz tan grande tienes", dice el niño con capucha roja a continuación.

"Cuanto mejor te escuche con mi querida, "", respondió la abuela.

"Oh, abuela, qué dientes afilados tan grandes tienes", exclama el niño.

 "El mejor para....."

"Um discúlpeme, ¿hay como un baño por aquí en algún lugar porque he estado caminando por este bosque toda la noche y realmente tengo que usar el baño", digo, mientras interrumpo groseramente la conversación, mientras me mete la cabeza dentro de la ventana de la casa.

"Oye, te conozco, eres ese viajero errante que vi antes. Mi abuela tiene una casa muy pequeña, pero eres más que bienvenida a entrar y usar su baño", me dice la niña con capucha roja, mientras camino por la casa de campo hasta la puerta principal.

Cuando el niño con capucha roja abre la puerta principal, rápidamente el saco de la casa y le digo: "Tu abuela no es quien dice ser".

"¿Cómo sabes esto", preguntó el niño encapuchado?

"Porque sus pies no son como los tuyos o los míos. Lo que haya debajo de esas mantas tiene patas, patas muy afiladas, lo suficientemente afiladas como para destrozar a una niña", le expliqué.

"Si ella no es mi abuela, ¿quién es ella", preguntó la niña con capucha roja?

"Tengo la intención de averiguarlo, pero primero, voy a tener que tomar prestada esa capucha roja tuya", le digo, mientras se quita la capucha y me la entrega.

Puse la capucha roja sobre mi cabeza, luego me acerqué a la bolsa de mi viajero y saco mi hoja afilada, mientras me abrí paso en la pequeña cabaña.

"Abuela, de qué estábamos hablando antes de que nos interrumpiera tan groseramente ese extraño viajero", le pregunté, mientras entraba en su dormitorio y me sentaba a un lado de su cama.

"Oh, sí, ahora lo recuerdo, tonto yo. Abuela, qué dientes tan grandes tienes", le digo, mientras rápidamente sacaba las mantas de encima de su cabeza.

"Cuanto mejor te comas con mi querida", grita el gran lobo de madera malo, mientras se abalanza hacia mí.

El gran lobo de madera malo aúlla mientras tomo mi hoja afilada y la meto en su corazón. "Tus días de comer criaturas inocentes han terminado. Descansa in Peace lobo de madera", digo, mientras saco mi hoja de su cuerpo, mientras cierra lentamente los ojos.

Al mirar hacia abajo al lobo de madera muerto, me di cuenta de que acababa de romper mi promesa a la Liebre, pero luego me di cuenta de que algunas promesas están destinadas a ser rotas. "Hoy salvé la vida de una niña, así que mi conciencia está clara y no me arrepiento", me digo a mí misma, mientras oigo algo moviéndose en el armario.

Caminé hacia el armario y al abrir la puerta, vi a una mujer mayor de Maine Coon atada con una cuerda y su boca estaba amordazada.

"Tú debes ser la abuela", le digo, mientras me agacha para desatar la cuerda.

"Muchas gracias por salvarme la vida. Unos segundos más y habría sido comida de lobos", dice la anciana mujer de Maine Coon, mientras desata el pedazo de tela envuelto alrededor de su boca.

"Tu nieta te espera fuera de la casa. Me deshadré del cadáver del lobo lo mejor que sé y entonces estaré en camino. Cuídaos y devuélveos esto a tu nieta. Dile que le dije que tuviera más cuidado con en quién confía y que siempre prestara atención a su entorno. Nunca se sabe lo que podría estar al acecho en estas partes del bosque", digo, mientras me quitó la capucha roja y se la entregó.

La anciana de Maine Coon me da un abrazo y me dice: "Muchas gracias, señor amable". Luego se da la vuelta y sale por la puerta principal.

Cubrí el cadáver del lobo con una manta mientras sacaba el cuerpo por la puerta trasera. Sé que no puedo deshacer me del cadáver del lobo cerca de la casa de la mujer Maine Coon, así que he decidido llevarlo conmigo.

"Cuanto más lejos consiga el cadáver del lobo de la cabaña, mejor estará la mujer De Maine Coon y su nieta", me digo a mí mismo, mientras aventure más profundamente en el bosque.

"Se siente como si me estuviera siguiendo algo o alguien", me digo a mí mismo, mientras tira del cadáver del lobo a través del bosque. Mientras me doy la vuelta, digo, "Sé que me estás siguiendo, puedes salir ahora."

"¿Te ibas a ir sin despedirte", preguntó la cajita roja con capucha, mientras salía por detrás de un árbol?

"No me gusta despedirme porque me hace sentir que nunca volveré a ver a esa persona", le contesto.

"¿Te volveré a ver alguna vez", preguntó?

"Me gustaría pensar que sí", le contesté.

"Si nunca nos cruzamos de nuevo, sólo quería que supieras que estoy verdaderamente agradecido por todo lo que has hecho por mi abuela y por mí. Nunca he conocido a nadie tan especial como tú en toda mi existencia", me dice, mientras me da un abrazo.

"Yo tampoco he conocido a nadie como tú", le digo, mientras me agacha para abrazarla.

"Ten cuidado en tu viaje, viajero extraño, a quien llamo amigo. Este bosque está lleno de criaturas mucho más aterradoras que un gran lobo malo", dice, mientras salta de nuevo a la casa de su abuela.

"Confía en mí, amigo mío, lo sé", me digo a mí mismo, mientras sigo con mi viaje.

Capítulo 7:

Mientras continuaba caminando por el bosque místico, me encontré con un camino dividido. Un camino que conduce a la izquierda, un camino que conduce a la derecha. Parece que no puedo decidir qué camino tomar. Después de unos veinte minutos de mirar por ambos caminos, he decidido que voy a tomar el camino que conduce a la derecha.

"Debo encontrar un lugar sagrado, como un cementerio de animales en este bosque para deshacerse del cadáver del lobo que estoy arrastrando detrás de mí", me digo a mí mismo.

El día pasa mientras sigo caminando por el estrecho camino. Los sonidos de los cuernos soplando se pueden escuchar a travésde out el bosque mientras me detengo muerto en mis huellas. Al instante me doy la vuelta para mirar detrás de mí porque mi conciencia me está diciendo que sea muy cauteloso en este momento. Al dar la vuelta, me encuentro rodeado de centauros señalándome sus arcos cruzados.

"¿Me estás enloqueciendo", me digo a mí mismo, mientras pongo ambas manos en el aire?

"Usted ha roto la primera ley del bosque, usted no matará. ¿Cómo se suplican", preguntaron los Centauros?

"No culpable", le contesto.

"¿No llevas el cadáver de un gran lobo de madera malo", preguntó?

"Sí, lo soy, pero el gran lobo de madera mala que llevo iba a matar a una niña con capucha roja y a su abuela en una pequeña casa de campo no muy atrás. Rompió la primera ley del bosque cada vez que me atacaba por primera vez", le expliqué.

"¿Dónde están sus testigos", preguntó el Centauro?

"No tengo testigos del ataque real porque era sólo el gran lobo de madera mala y yo. Pero puedes ir y preguntarle a la niña con capucha roja y a su abuela que verificarán mi historia. Te dirán que el gran lobo de madera malo tenía toda la intención de atacarnos primero", respondo.

El Centauro se eleva a sus patas traseras y cuando vuelve a bajar, pisotea el suelo con fuerza con sus grandes pezuñas dando un orden directo; "Tráeme al niño con capucha roja." Otrós dos centauros asienten con la cabeza y se dan la vuelta y comienzan a viajar en dirección a la pequeña casa de campo.

"Si se demuestra que tu historia es cierta puedes irte sin castigo, pero si tu historia se demuestra que es falsa, tu castigo será una muerte rápida", me dice, mientras se presenta ante mí señalando una enorme ballesta en mi cara.

A medida que pasan los minutos por los dos Centauros regresan, uno de ellos lleva a un niño con capucha roja en la espalda.

El Centauro se inclina hacia abajo mientras el niño con capucha roja baja de su espalda. "Ven a mí, hija mía. Cuéntame la historia del gran lobo de madera malo que yace sin vida en una manta blanca delante de mí", le dice el jefe Centaur.

"Bueno, yo estaba de camino a la casa de mi abuela para darle una cesta de pan y pasteles que mi madre hizo para ella. Me encontré con el extraño viajero mientras seguía el camino que estaba tomando. Tuvimos un pequeño desacuerdo sobre la bolsa del viajero que lleva consigo. Pensé que alguien había dejado la bolsa sola en medio del bosque, pero no sabía quién. El viajero vino del suelo y me agarró. Le expliqué que no estaba tratando de robarle y después de eso, me dejó ir".

"Después de conversar con el extraño viajero, sentí que no era una amenaza para mí. Entonces, seguí saltando a la casa de mi abuela, pero cada vez que llegué allí, ella no era quien decía que era. Era el gran lobo de madera malo en la ropa de mi abuela fingiendo ser ella. Iba a comerme a mí y a mi abuela, pero el viajero no lo permitió. Me sacó de ese gran lobo de madera feo y malo. Tomó mi capucha roja y jugó el mismo juego que el gran lobo de madera malo estaba jugando. El lobo se abalanzó sobre él pensando que era yo, pero subestimó al extraño viajero porque el viajero lleva un arma más afilada que todas tus flechas juntas, y lo usó para matar a ese gran lobo sucio malo. Me salvó la vida, salvó la vida de mi abuela, y ambos sabemos que la quinta ley del bosque dice que, "Si uno toma una mala vida para salvar dos buenas vidas, la primera ley es automáticamente anulada. Conoces la ley porque la escribiste, así que quítalo libre", dice el pequeño encapuchado rojo a los centauros, mientras bajan sus ballestas.

"Recoge el cadáver, el gran lobo de madera mala va con nosotros. Su especie ha avergonzado a este bosque por mucho tiempo. Él no recibirá un entierro apropiado; será enterrado en una tumba sin marcar porque ha violado la ley del bosque. Ahora y para siempre nadie recordará que el nombre de the un gran lobo de madera mala", dice el centauro de la cabeza, mientras recogen el cadáver del lobo y desaparecen lentamente dentro de las sombras del bosque.

"Te salvé la vida y ahora, has salvado la mía. Gracias", le digo a la pequeña encapuchada roja, mientras me sonríe y me dice: "De nada".

"Usted se ha ganado la confianza de algunos centauros, pero no todos ellos. Así que, dondequiera que vayas ahora, siempre seguirán porque está prohibido que estés aquí. Ten cuidado porque el camino que has elegido te llevará cerca de los gigantes de las grandes montañas, y eso definitivamente no es un lugar que quieras ser. Cuando se despiertan, ni siquiera los centauros pueden protegerte de ellos", dice la pequeña encapuchada roja, mientras salta al bosque.

"Realmente estoy empezando a enfermar a casa. Es como si a la vuelta de cada esquina estuviera una aventura inesperada esperando a que sucediera", pensé para mí mismo, mientras me acerco a la bolsa de mi viajero y saco mi pequeño bloc de notas.

Empecé a escribir dentro de mi bloc de notas,

"Centauros: mitad hombre mitad caballo, increíble, notable, y tales criaturas almirantes."

"Ellos son la ley del bosque místico, confían y me creen cuando digo, "se toman su trabajo muy en serio. No sólo escribieron las leyes, sino que también las aplicaron muy bien", me digo a mí mismo, mientras dibujo una imagen de un centauro con el cuerpo inferior de un caballo y la parte superior del cuerpo de un hombre.

A medida que pasaba el día, continuaba caminando por el mismo camino que la niña con capucha roja dijo, condujo a las grandes montañas.

Si los gigantes son tan grandes y temerosos como dicen, entonces supongo que tendré mucho que chupar, si me capturan.

No sé nada de gigantes, pero sólo los cuentos de hadas que oí cada vez que era más joven. "La gente a menudo se confunde cuando dices la palabra gigantes. Al instante piensan en un humano de tamaño gigantesco con un solo ojo. Si es así, ¿no se considerarían los gigantes Cíclope", me pregunté, mientras continuaba con mi viaje?

Algunas personas piensan que los cíclopes eran una raza de fuerza extraordinaria y a menudo muy hostil, pero no necesariamente de enorme tamaño. Aunque no puedo hablar de eso porque no sé si algo de eso es cierto porque ese dicho se remonta a la mitología griega y romana.

No puedo imaginar lo que alguien más piensa, sólo puedo imaginar lo que veo con mis propios dos ojos. Por eso debo continuar con mi viaje y descubrir la verdad sobre los gigantes.

A medida que pasa el día, la luz del día lentamente comienza a desaparecer. Está empezando a ser mucho más frío a medida que se acerca el anochecer. Puedo ver mi aliento en el aire cuando la niebla fría baja de las frías montañas.

Mi corazón tiembla mientras el sonido de ruidos extraños se escucha en todo el bosque místico. A veces, se siente como si el bosque me estuviera observando, criaturas misteriosas acechando en lugares oscuros. Los sonidos se vuelven más fuertes y fuertes, cuanto más me acerco a las montañas gigantes.

Al llegar al pie de la montaña, miro hacia arriba y veo que la punta más alta de la montaña termina justo por encima de las nubes. Estaba a punto de empezar a escalar la montaña, cuando escuché: "Está prohibido que todas las especies viajen a las montañas".

"No soy parte de tu especie ni de ninguna otra especie en este bosque, así que no me está prohibido", respondo.

"¿Te atreves a desobedecer la ley? Lo que buscas, la voluntad humana te devorará sin duda en su mente. Créeme cuando diga, no quieres encontrarte cara a cara con un gigante, será el fin de tu propia existencia. La ley establece que ninguna especie subirá nunca a las montañas, la consecuencia de las acciones de uno sería mortal para todos. Si subes a la montaña y molestas lo que no quiere ser perturbado, traerás la ira de los Gigantes sobre todos nosotros y no puedo permitir que eso suceda", dice el centauro, mientras me señala con la ballesta.

"En realidad me matarías porque elijo educarme sobre el arte de las criaturas míticas", le pregunté.

"No, pero te mataré justo donde estás, si decides subir por la ladera de la montaña", responde el centauro, mientras se retira sobre el Cordón de Arco.

"Mi único deseo es ver por mí mismo. No tengo intenciones de molestar a los gigantes. Estaría tan callado que ni siquiera sabrían que estaba allí", le expliqué.

"Tu olor corporal apesta al aroma de la carne humana. Los gigantes te olerían antes de que pudieras llegar a la cima de la montaña. ¿Cómo crees que te encontré", dice el centauro, mientras baja la ballesta?

"¿Cómo es que sabes tanto de los humanos", le pregunté?

"Porque, he conocido a los tuyos antes y todos ustedes son iguales. Buscas algo misterioso, luego vuelves a casa y le cuentas a tus hijos humanos sobre nosotros. Pero al igual que nuestras misteriosas criaturas tienen historias en tu mundo, también tenemos historias de humanos en la nuestra", responde.

"¿Qué tipo de historias crees que sabes de nosotros los humanos", le pregunté?

"Conozco las historias de traición, las historias de codicia, las historias de pecados mortales. He aprendido que no se puede confiar en ustedes los humanos. Si mientes, engañas y, lo peor de todo, matas a los tuyos. Qué patético es eso", dice el centauro, mientras se inclina y dobla las piernas debajo de su cuerpo.

"Nunca dije que los humanos fueran perfectos porque sé que definitivamente no lo somos, pero todos los que son alguien pecan, incluyendo criaturas místicas en un bosque misterioso", respondo, mientras me siento en el suelo junto a él.

"Sí, un bosque muy misterioso lo es, pero este misterioso bosque también tiene una cierta regla para criaturas como tú que no pertenecen aquí. Está prohibido que estés en este bosque", susurra el centauro, mientras me mira.

"Conozco las reglas del bosque, ya me advirtió un anciano en una tienda de espadachín. Me dijo que, si entraba en el bosque prohibido, nunca podría volver a casa. Conozco mi destino centauro; No necesito que me lo expliques. Sé que, si trato de salir del bosque prohibido, tu deber jurado como centauro es matarme antes de que pueda salir vivo del bosque", digo, mientras miro al centauro.

"Conoces nuestras leyes, así que sabías que, si entraste en el bosque prohibido, nunca se te permitiría salir, pero aún así llegaste, lo que me intriga", dice el centauro, mientras me mira directamente a los ojos.

"He sido intrigado por un montón de criaturas últimamente. ¿Cómo te llamas", le pregunté?

"Mi nombre es Athesis, hijo de Quirón el sabio, hijo de la hermosaCentauri, y cómo te llamaré", preguntó el centauro?

"Puedes llamarme Dominic Elijah Muhammad, hijo de nadie porque no tuve el privilegio de saber quiénes eran mis padres. Crecí en un orfanato, en un pequeño pueblo a las afueras de la ciudad de Guiza", le digo, mientras me agachaba la cabeza sobre el bolso de mi viajero.

"Siento oír eso, DOMINIC Elías Mahoma", dice el centauro, mientras pasa lentamente la noche.

"¿Quieres saber algo", le pregunté al centauro, mientras miro hacia el cielo?

"¿Qué pasa", preguntó el centauro, mientras se instala la privación del sueño?

"Me alegro de que me hayas impedido subir a la montaña", le digo mientras me duermo lentamente.

"Me alegro de que haya decidido escuchar. Buenas noches Sir Dominic y no dejes que los insectos muerdan", me dice mientras aparece una sonrisa en su rostro.

Capítulo 8

La mañana llegó rápidamente y al estirar los brazos empecé a bostezar. Entonces miré y me di cuenta de que el centauro todavía está dormido.

No me impedirá ver a los gigantes. He llegado tan lejos, y no seré privado de continuar con mi viaje por una especie de hombre de caballo crecido. "Por cierto, no dejes que las chinches muerdan", me digo a mí mismo, mientras cojo la bolsa de mi viajero y empiezo a subir a la montaña.

Mientras me dirillero a la cima de la montaña, el aire más delgado me está haciendo mucho más difícil respirar. El olor a muerte viaja por la ladera de la montaña mientras comienzan a aparecer buitres sangrientos. Aterrizan en las ramas del árbol y me miran como si ya estuviera muerto.

"No conseguirás este almuerzo gratis tan fácilmente", les digo a los buitres, mientras sigo por la ladera de la montaña.

Al llegar a la cima de la montaña, miro a mi alrededor y no veo nada, ni gigantes, sólo árboles. "Ahora siento que he perdido el tiempo creyendo en algo que no existe", me digo a mí mismo, mientras los árboles comienzan a moverse.

Inmediatamente me acerco a la bolsa de mi viajero y saco mi traje Ghillie de camuflaje mientras me acuesta en el suelo y me cubro.

"Fe, fi, fo, fum, huelo la sangre de lo que es, no reconozco ese olor", dice un gigante, mientras sale de más allá de los árboles.

"Tal vez has perdido el sentido del olfato. Puede pasarle lo mejor de nosotros, incluso sé que es el olor de las criaturas desde abajo", dice otro gigante, mientras sale de más allá de los árboles y huele el aire.

"El olor me recuerda el olor de un centaurio apestoso, pero deberían saber mejor que venir aquí porque ya saben que se comerán si los atrapan", grita el segundo gigante.

"Los centauros de ahí abajo piensan que pueden ir a cualquier parte sin consecuencias, porque fueron elegidos para ser los protectores del bosque. Bueno, yo digo que los gigantes son los verdaderos protectores del bosque. Los gigantes son lo que temen las criaturas, no los caballos pequeños y si los centauros piensan que pueden venir aquí cuando quieran sin consecuencias, tienen otra cosa que viene", dice el primer gigante, mientras muchos gigantes salen caminando desde más allá de los árboles.

"Los centauros han roto el acuerdo original; subieron a la montaña y huele como si uno de ellos todavía estuviera aquí. Sigue el aroma, encuéntrolo y una vez que lo hayas encontrado, quítate las piernas y tráemelas", grita el segundo gigante, mientras tres gigantes corren de vuelta al bosque en busca de un centauro.

"¿Vamos a la guerra con los centauros", preguntó el primer gigante?

"Guerra, no,,,, no vamos a la guerra con los centauros. Vamos a la guerra con todas las criaturas desde abajo", responde el segundo gigante.

"Vaca sagrada, ¿qué he hecho?", me pregunté, mientras me escondía debajo de mi traje de Ghillie mientras miraba a los dos gigantes. "Debí haber escuchado el centauro y nunca vine aquí. Ahora qué tengo. todas las criaturas místicas en el misterioso bosque serán asesinadas por mi culpa. Debo advertirles", me digo a mí mismo, mientras empiezo a moverme lentamente por la montaña.

"Fe, fi, fo, fum, ¿estás viendo lo que estoy viendo'", pregunta el primer gigante al segundo gigante?

"¿Qué es lo que crees que viste", preguntó el segundo gigante?

"Ese pequeño picoteo de hierba ahí abajo, se movió solo", explica el primer gigante.

"Estás envejeciendo a mi amigo, has perdido el sentido del olfato, ahora creo que también estás perdiendo la vista", explica el segundo gigante.

"Puede que esté perdiendo el olor, pero no estoy perdiendo la vista. Sé lo que vi. Ese pequeño pedazo de hierba se movió solo. Si no me crees, entonces tendrás que verlo por ti mismo", responde el primer gigante, mientras me quedo perfectamente quieto.

"Grass no se mueve a menos que los vientos estén soplando muy fuerte", dice un tercer gigante, mientras camina hacia los dos gigantes.

"Bueno, este parche de hierba acaba de hacer. Parecía que estaba tratando de bajar por la montaña o algo así", explica el primer gigante.

"Tal vez el pequeño parche de hierba está vivo, y se siente como si la hierba aquí arriba ya no fuera lo suficientemente buena para él. Tal vez quiera volver al fondo de la montaña para pasar el rato con los ogros feos o tal vez echa de menos ser por los centauros respetuosos de la ley. Quién sabe, tal vez no le guste la compañía de nosotros gigantes", dice el tercer gigante, mientras todos los gigantes comienzan a reírse del primer gigante.

"Veremos quién se ríe por última vez", dice el primer gigante, mientras mira el pequeño parche de hierba.

"Estamos perdiendo el tiempo aquí. ¿No soy el líder de todos los gigantes, dónde están las piernas del centauro que me **desafía", grita** el segundo gigante a los otros gigantes?

"No podemos encontrarlo, debe haber vuelto por la ladera de la montaña", dicen tres gigantes, mientras salen del bosque.

"El olor sigue siendo fuerte, todavía está aquí arriba", grita el segundo gigante a los tres gigantes, mientras olfatea el aire.

"Buscamos en todas partes el centauro y no pudimos encontrarlo. El aroma de la criatura nos llevó de vuelta aquí. Si todavía está aquí arriba, lo cual no tengo ninguna duda en mi mente de que lo es, tiene que estar escondido entre nosotros", explica uno de los tres gigantes.

"Usted espera que yo crea que un centauro es lo suficientemente valiente como para esconderse entre nosotros, sin miedo en absoluto de ser devorado. ¿Metomas como una especie de tonto", preguntó el segundo gigante?

"No señor, sólo digo que, si un centauro está aquí arriba, está mucho más cerca de lo que creemos que está", responde uno de los tres gigantes.

"Enciéndalo entonces", grita el segundo gigante, mientras todos los gigantes comienzan a buscar en el bosque. "No habrá descanso para nadie hasta que se encuentre a la criatura centauro", grita.

"Te vi moverte, en realidad te vi moverte dos veces, pero no dije nada hasta la segunda vez que te vi moverte. ¿Adónde vas", susurra el primer gigante a la pequeña mancha de hierba?

"Tengo que bajarme de esta montaña antes de que me coman", le susurré al gigante.

"Los gigantes no comen hierba, los caballos comen hierba. Preferimos el sabor de la lechuga y la carne roja", me dice el gigante.

"No soy sólo un pequeño parche de hierba que yacía aquí", le susurré.

"¿Qué eres entonces", preguntó el gigante?

"Soy un ser humano", le respondí.

"¿Qué es un ser humano", preguntó el gigante?

"Un ser humano es una versión más pequeña de un gigante", le expliqué.

"Entonces, ¿eres básicamente como un yo más pequeño", preguntó el gigante?

"Sí, ahora deja de llamar la atención sobre ti mismo, otros gigantes tal vez mirando", le contesto.

"Déjame ver cómo te ves realmente. No se lo diré a nadie, te lo juro", dice el gigante, mientras me tira de mi traje de Ghillie sobre mi cabeza revelando mi cara y mi diminuto cuerpo.

"Realmente eres una versión más pequeña de mí. ¿Por qué estás aquí arriba, pequeño yo", preguntó el gigante?

"Porque quería verme más grande", le dije.

"Bueno, aquí estoy, ¿qué piensas", preguntó el gigante, mientras se inclina hacia una rodilla para acercarse a mí?

"Creo que el yo más grande es una criatura increíble, y también creo que cuanto más grande debería ayudarme más pequeño a bajar la montaña vivo y lejos de los otros gigantes. Pueden ponerse celosos y tratar de comerme porque no tienen una pequeña versión de sí mismos como tú. ¿Me ayudarás?", le pregunté, mientras volvía a poner el traje de Ghillie sobre mi cabeza.

"Cómete, por qué apenas tienes la boca llena, no hay suficiente carne en tus huesos para comer. Harías más daño a la boca de un gigante que para satisfacer su apetito y confiar en mí, no vales el dolor de muelas", dice el gigante, mientras me sonríe revelando los diminutos huesos clavados entre sus dientes.

"¿Me estás diciendo que los otros gigantes no me comerán", le pregunté?

"Si un gigante come, todos los gigantes pueden comer, y simplemente no hay suficiente carne en tus pequeños huesos para alimentar a todos. Así que ningún gigante te comerá nunca. Por otro lado, si te capturan aquí en las montañas, desearías que te hubieran comido porque los gigantes torturamos lo que no podemos comer", responde el gigante.

"¿Puedes ayudarme a bajar la montaña", le pregunté?

"¿Qué me estás pidiendo que haga", responde el gigante?

"Necesito una distracción, para poder escapar de este lugar terrible", le digo.

"¿Qué saldré de esto", preguntó el gigante?

"¿Qué quieres", le contesté?

"Quiero las piernas de un centauro", me dice el gigante.

"Las piernas de un centauro, que voya ser muy difícil de conseguir. Un centauro no me va a entregar las piernas", le digo.

"Por eso tienes que traerme todo el centauro y yo mismo arrancaré las piernas del cuerpo del caballo", me dice el gigante.

"¿Los gigantes realmente van a la guerra con los centauros", le pregunté?

"Creo que sí", responde el gigante.

"¿Entonces por qué no simplemente arrancar las piernas de los centauros cada vez que vas a la guerra con ellos", le pregunté?

"Porque si traigo de vuelta las piernas del centauro que desafía a mi líder, suba de rango y me convierta en el segundo al mando", responde el gigante.

"¿Y si no puedo convencer al centauro de que me siga por la montaña", le pregunté?

"No necesitas convencer al centauro para que suba a la montaña, sólo tienes que acercarme lo suficiente a él y yo haré el resto", explica el gigante.

"Sólo quieres usarme como distracción, para conseguir lo que quieres", le digo al gigante.

"¿No es eso lo que me estás usando para, para conseguir lo que quieres? Una distracción para una distracción", dice el gigante, mientras me sonríe.

"De acuerdo gigante, si me ayudas a salir de esta terrible montaña, te ayudaré a conseguir las piernas centauros que tanto necesitas. ¿Tenemos un trato", le pregunté?

"Tenemos un trato, pequeño yo", responde el gigante, mientras se inclina para recogerme y me mete en el bolsillo de su camisa.

"No te quedas quieto y no digas ni una palabra", susurra el gigante, mientras camina lentamente por delante de los otros gigantes.

"¿Adónde me llevas", le susurré?

"Te voy a llevar por la montaña como acordamos. Ahora deja de hablar antes de que nos atrapen a los dos", responde el gigante.

"Por la montaña está al revés", le digo, mientras miro uno de los agujeros en el bolsillo de su camisa.

"Esa no es la única manera de subir o bajar la montaña. Ese es sólo un viejo sendero que los centauros usan para colarse aquí", responde el gigante, mientras sigue caminando.

"¿A dónde vas", preguntó el líder de los gigantes, mientras nos dirigíamos hacia el bosque?

"¿Quieres las piernas del centauro que te desafía o no", le preguntó el gigante a su líder?

"¿Qué te hace pensar que puedes rastrear este centauro mejor que mis rastreadores cuando has perdido el sentido del olfato", preguntó el líder de los gigantes?

"No he perdido nada; todos mis sentidos están funcionando perfectamente bien. Mis habilidades de seguimiento pueden mejorar más, por eso debo hacer esto solo. Traeré de vuelta las piernas del centauro que desafía al líder de todos los gigantes", responde el gigante.

"Vas y me traes de vuelta las piernas del centauro que ha roto las verdades. Quiero su cabeza en un palo también. Vete ahora y si me fallas a mi querido amigo, no tienes que molestarte en volver porque no habrá un hogar al que vuelvas", dice el líder del gigante, mientras el gigante solitario entra en el bosque.

"¿Estamos despejados", le pregunté, mientras me sentaba en el bolsillo de la camisa del gigante?

"Sí, lo hicimos, pero usted escuchó a mi líder; si no traigo de vuelta las piernas de un centauro, nunca puedo volver a casa. Me convertiré en un paria y me veré obligado a abandonar las grandes montañas para siempre", responde el gigante.

"Entonces, ¿qué tiene de malo eso", le pregunté?

"Un gigante no puede defenderse de un ejército de centauros. Será muy tonto pensar que es posible", respondió el gigante.

"Tal vez puedas hacerte amigo de los centauros. Si les haces saber que no eres una amenaza para ellos y te refieres a ellos sin daño, tal vez, sólo tal vez, te dejarán quedarte aquí en el bosque con ellos", le digo.

"Ja ja ja, muy divertido poco yo. Gigantes y centauros siempre han sido enemigos, no hay amistad con ellos. Me ponían flechas en el corazón en el momento en que me miraban", explica el gigante.

"¿Qué pasó entre las dos especies? ¿Por qué hay tanto odio entre centauros y gigantes?"

"Los centauros son muy convincentes; han convencido a todas las demás criaturas del bosque de que los gigantes somos malos. Los insectos se comen la hierba, las criaturas del bosque se comen a los insectos, y comemos las criaturas del bosque. Es sólo el modo de vida. Los centauros no aprobaron la forma en que vivíamos. Dijeron que estábamos comiendo demasiadas criaturas del bosque a la vez. Hubo una gran guerra entre centauros y gigantes. Los centauros estaban perdiendo, así que formaron una alianza con todas las otras criaturas forestales y nos obligaron a los gigantes a entrar en las montañas. Los gigantes ya no eran capaces de bajar de las montañas sin arriesgarse a la guerra con los centauros y las criaturas forestales. Después del destierro del gigante del bosque, los centauros formaban una nueva ley declarando que ninguna criatura forestal subirá a las montañas por temor a represalias de los gigantes, si la ley se rompió entonces la muerte recaerá sobre el que la rompió", explica el gigante, al llegar al fondo de la montaña.

"Así que, porque rompí la ley y subí a las montañas después de que el centauro me advirtiera que no suba allí. Básicamente traje la guerra a tu puerta principal; ¿Tengo razón", le pregunté?

"Sí, tienes razón. Gigantes y centauros irán a la guerra una vez más porque han violado la ley", responde el gigante.

"Si traes las piernas del centauro y se las das a tu líder, ya no habrá necesidad de guerra porque habrías matado al centauro que desafió a tu líder; ¿No es correcto", le pregunté?

"Sí, tienes razón una vez más me poco, pero no será tan fácil matar a un centauro. Los centauros son muy inteligentes y muy rápidos en sus pies. Estos asesinos entrenados están listos para ir a la guerra con cualquiera en cualquier momento y no olvidemos lo deliberadamente hábiles que son con sus ballestas. Probablemente moriríamos tratando de atrapar uno", responde el gigante, mientras señala una enorme cicatriz sobre su ceja.

"Bueno, estoy dispuesto a arriesgarme, así que hombre arriba y déjanos ir a buscarte las piernas de un centauro", le digo.

"Más fácil decirlo que hacerlo. No conozco a ningún centauro que viaje solo",
responde el gigante.

"Bueno, lo hago", digo, mientras sonrío y miro al gigante.

"Bien, entonces, vamos a atraparnos un centauro", dice el gigante, mientras
viajamos por todo el bosque en busca de un jinete que viaje solo.

Capítulo 9

"Mi nombre es Athesis, hijo de Quirón el Sabio, hijo del hermoso Centauri. Soy de la carrera centurión, pero todavía no me he ganado mi lugar legítimo dentro de la legión para cazar con los corredores de guerra. Debo demostrarme a los líderes centuriones que soy digno de ser un verdadero guerrero centurión. Por eso viajo solo por todo el bosque".

"El aroma de la carne del hombre me ha hecho consciente de mi entorno. Está prohibido para él estar aquí; también está prohibido que se vaya. Él ya ha visto y oído demasiado; ha tomado el camino que conduce a las grandes montañas. Está en contra de la ley centurión viajar por la montaña debido a los gigantes. Él no conoce nuestras leyes, así que debe ser advertido", dice el centauro solitario, mientras corre por el camino que conduce a las grandes montañas.

Al llegar a la montaña, grito: "Está prohibido que todas las especies viajen a las montañas".

"No soy parte de tu especie ni de ninguna otra especie en este bosque, así que no me está prohibido", responde.

"¿Te atreves a desobedecer la ley? Lo que buscas, la voluntad humana te devorará sin duda en su mente. Créeme cuando diga, no quieres encontrarte cara a cara con un gigante, será el fin de tu propia existencia. La ley establece que ninguna especie subirá a las montañas. La consecuencia de las acciones de uno sería mortal para todos. Si suben a la montaña y perturban lo que no quieren ser perturbadores, traerán la ira de los gigantes sobre todos nosotros y no puedo permitir que eso

suceda", digo, mientras le señalo mi ballesta.

"En realidad me matarías porque elijo educarme sobre el arte de las criaturas

míticas", preguntó.

"Te mataré justo donde estás, si decides subir por la ladera de la montaña", le

contesto, mientras me retiro sobre la cuerda de proa.

"Mi único deseo es ver por mí mismo. No tengo intenciones de molestar a los

gigantes. Estaría tan callado que ni siquiera sabrían que estaba allí", me dice.

"Tu olor corporal apesta al aroma de la carne humana. Los gigantes te olerían

antes de que pudieras llegar a la cima de la montaña. ¿Cómo crees que te encontré", le

pregunto, mientras bajo mi ballesta?

"¿Cómo es que sabes tanto de los humanos", preguntó?

"Porque he visto a los tuyos antes y todos ustedes son iguales. Buscas algo

misterioso, luego vuelves a casa y le cuentas a tus hijos humanos sobre nosotros. Pero

al igual que nuestras misteriosas criaturas tienen historias en tu mundo, también

tenemos historias de humanos en la nuestra", respondo.

"¿Qué tipo de historias crees que sabes de nosotros los humanos", preguntó?

"Conozco las historias de traición, las historias de codicia, las historias de

pecados mortales. He aprendido que no se puede confiar en ustedes los humanos.

Mientes, engañas y, lo peor de todo, matas a los tuyos; qué patético es eso", le

pregunto, mientras me agacha y dobla mis piernas debajo de mi cuerpo.

"Nunca dije que los humanos fueran perfectos porque sé que definitivamente no lo somos, pero todos los que son alguien pecan; incluyendo criaturas místicas en un bosque misterioso", responde, mientras se sienta en el suelo junto a mí.

"Sí, un bosque muy misterioso lo es, pero este misterioso bosque también tiene una cierta regla para criaturas como tú que no pertenecen aquí. Está prohibido que estés en este bosque", susurré, mientras lo miraba.

"Conozco las reglas del bosque, ya me advirtió un anciano en una tienda de espadachín. Me dijo que si entraba en el bosque prohibido nunca podría volver a casa. Conozco mi destino centauro; No necesito que me lo expliques. Sé que, si intentas salir del bosque prohibido, tu deber jurado como centurión es matarme antes de que pueda salir vivo del bosque", dice, mientras me mira.

"Sabes de nuestras leyes, así que sabías que si entraste en el bosque prohibido nunca se te permitiría salir, pero aún así llegaste, lo que me intriga", le digo, mientras miro directamente a sus ojos.

"He intrigado a muchas criaturas últimamente. ¿Cómo te llamas?"

"Mi nombre es Athesis, hijo de Quirón el Sabio, hijo del hermoso Centauri. y cómo te llamaré", le pregunté?

"Puedes llamarme Dominic Elijah Muhammad, hijo de nadie porque no tuve el privilegio de saber quiénes eran mis padres. Crecí en un orfanato en un pequeño pueblo a las afueras de la ciudad de Guiza", me dice, mientras pone la cabeza sobre la bolsa de su viajero.

"Siento oír eso, DOMINIC Elías Mahoma", le digo, mientras pasa lentamente la noche.

"¿Quieres saber algo", preguntó, mientras miraba hacia el cielo?

"¿Qué pasa", le pregunté mientras se activaba la privación del sueño?

"Me alegro de que me hayas impedido subir a la montaña", me dice, mientras se queda dormido lentamente.

"Me alegro de que haya decidido escuchar. Buenas noches, Sir Dominique, y no dejes que los insectos muerdan", le digo, mientras aparece una sonrisa en su rostro.

Cuando llegó la mañana, de repente empecé a darme cuenta de que la traición venía con ella. El hombre bestia se ha ido, y sus huellas conducen a la montaña. Fui tonto al creer que me escucharía. "Mi confianza en criaturas malvadas me ha avergonzado por última vez", digo mientras me ponndo de pie.

"Si el hombre bestia es atrapado por los gigantes, desencadenará una guerra total. Muchas criaturas morirán, miles de criaturas caerán, pero al final, los centauros serán los conquistadores.

Mi ignorancia es felicidad, debería haber matado al hombre bestia anoche cada vez que tuve la oportunidad. Iba a poner una flecha a través de su corazón mientras dormía, pero luego recordé la primera regla del bosque, No matarás, así que lo dejé vivir."

"Este error le costará al bosque innumerables vidas. He deshonrado a mis hermanos centauros dejando que el enemigo se me escapara entre los dedos. No merezco que me llamen centurión, no soy un guerrero, no soy más que un tonto equivocado que confió en un hombre bestia y ahora debo admitir mi fechoría. Debo informar a los líderes de los centauros, hacerles saber que la guerra está sobre nosotros. Los Gigantes no mostrarán piedad esta vez, bajarán de las montañas y devorarán todo dentro de sus caminos. Debo irme ahora", me digo a mí mismo, mientras vuelvo a la legión.

"Mientras viajo por todo el bosque, recojo el aroma de la bestia del hombre, pero el hombre bestia no viaja solo, viaja con un gigante solitario. No es normal que un gigante baje solo de la montaña. Debe haber sido expulsado de las montañas y ahora el gigante solitario probablemente busca refugio de los centauros".

"Si mi intuición es correcta, van en esta dirección y si van en esta dirección, sólo puede significar que me están buscando. Wsombrero posiblemente puede un gigante solitario y un bestia hombre quiere de un centauro?

"El aroma se está haciendo más fuerte a medida que el hombre bestia y el gigante solitario se acercan. Como un verdadero guerrero centurión, las flechas deben volar primero, y las preguntas llegarán más tarde, pero no soy un guerrero centurión, al menos todavía no, pero la muerte de un gigante solitario y un bestia hombre que viola la ley mejorará significativamente las posibilidades de que me convierta en un verdadero guerrero centurión", me digo a mí mismo mientras miro hacia atrás y tiro una ballesta con flechas de mi bolsa de cascabel centurión.

"Si el hombre bestia se ha asociado con el gigante solitario sólo puede significar una cosa; vienen por mis piernas."

"Los gigantes son criaturas extremadamente viciosas; también tienen un sentido del humor perverso. Por diversión, les gusta recoger cabezas o las piernas de los guerreros centauros. Golpean postes de palo en las cabezas de los centauros que han matado y meten el extremo opuesto de los polos en el suelo haciéndonos saber dónde comienzan los gigantes del territorio de la montaña y dónde termina".

"El líder de los gigantes siempre mantiene las piernas de los centauros muertos que lo desafiaron. Se dice que las piernas le recuerdan a todos los centauros que han violado la ley y se han aventurado en las montañas sin su permiso. Se prometió a sí mismo que un día destruirá a todos los centauros. Por lo tanto, no deja protección a las criaturas del bosque. Moriré antes de que vea que eso sucede. La guerra entre centauros y gigantes nunca terminará hasta que el último gigante haya caído de rodillas. Confía y cree cuando diga, estaré en el campo de batalla cada vez que esto

suceda".

"Muerte a todos los gigantes", me digo a mí mismo, mientras me acerco al

enemigo.

Capítulo 10:

A medida que pasaba la mañana, le pedí al gigante solitario que me sacara del bolsillo de su camisa y me colocara en el suelo porque ya no estaba en peligro de los otros gigantes.

El gigante me sacó del bolsillo de su camisa y me colocó en el suelo del bosque. "No puedo cazar un centauro si estoy atrapado dentro del bolsillo de tu camisa todo el día", le digo, mientras lo miro y sonrío.

"Ese es el pequeño yo, estaba pensando lo mismo que estabas pensando", responde el gigante.

"Deja de llamarme pequeña, ese no es mi nombre. Puedes llamarme Dominic o Elías", le digo, mientras escuchamos algo al acecho en el bosque.

"¿Qué pasa", susurré mientras miraba al gigante?

"Es el centauro solitario, él viene por nosotros", susurró el gigante.

"Pensé que debíamos cazarlo", le digo mientras el gigante responde: "Los centauros son magníficos cazadores. No cazas centauros, te cazan. Pueden recoger tu olora kilómetros de distancia, probablemente nos olía en el momento en que bajamos de las montañas y entramos a pie en el bosque", susurró el gigante.

"Así que ahora nos está cazando", le pregunté, ¿cómo la mirada de confusión aparece en mi cara?

"Me temo que el pequeño Dominic", responde el gigante.

"Entonces, ¿qué hacemos ahora", le pregunté?

"Corremos", dice el gigante, mientras empezamos a correr por todo el bosque.

"¿Por qué estamos huyendo de un centauro", le pregunté, mientras el gigante y yo seguimos corriendo por nuestras vidas?

"Hemos perdido el elemento de sorpresa. No puedes coger un centauro si el centauro sabe que vienes, todo el mundo lo sabe. Un centauro solitario puede ser tan peligroso como un grupo de centauros. Las flechas del centauro tienen puntas venenosas, si las flechas penetran en la piel a tiempo, fácilmente le pondrá un gigante de rodillas y es entonces cuando el centauro da el golpe fatal", explica el gigante.

"Así que esto es lo que se siente ser cazado", digo, mientras miro hacia atrás y veo a un centauro solitario persiguiéndonos con una gran ballesta en la mano.

"Debemos separarnos antes de que el centauro le sople la bocina", grita el gigante.

"¿De qué cuerno estás hablando?"

"Los centauros llevan la bocina del carnero. Sólo soplan la bocina cuando uno se encuentra en problemas", me dice el gigante.

"¿Qué pasará si el centauro solitario sopla la bocina", le pregunté?

"El suelo del bosque se llenará rápidamente de guerreros centuriones fuertemente armados y listos para ir a la guerra", explica el gigante.

"Entonces, vamos a asegurarnos de que no sople la bocina", grito, mientras el gigante solitario y yo decidimos separarme.

Mientras el gigante y yo corremos por todo el bosque, nos encontramos con una división en el bosque que conduce a caminos separados. Tomo el camino que conduce a la izquierda mientras el gigante toma el camino correcto que lo lleva de vuelta hacia las montañas.

"Ese cobarde, está huyendo de vuelta a las montañas", me digo a mí mismo, mientras sigo corriendo por todo el bosque.

El centauro solitario sigue al gigante hasta el borde de la montaña. Mira hacia arriba mientras el gigante sube a la montaña riendo y burlándose del centauro mientras apenas escapa de la muerte. El centauro capta mi olor en el aire y al instante comienza a perseguirme. Ahora estoy siendo cazado por una de las criaturas más temidas del bosque.

"Ninguna criatura en este bosque me ayudará ahora. Me he hecho amigo de un gigante y he violado más leyes que un poco. Estoy solo", pensé para mí mismo, mientras me dirigía hacia el puente de peaje.

Al llegar al puente de peaje, piso el puente y oigo: "¿Quién se atreve a cruzar mi puente sin mi permiso?"

"Soy yo, Dominic Elías, amigo de todos los trolls", le contesto.

"¿Qué negocio tienes cruzando mi puente", preguntó la voz enfadada?

"Estoy siendo cazado por un centauro con un arco cruzado realmente grande y deseo desesperadamente un paso seguro a través de su puente, si no le importa", respondo.

"¿Por qué te cazan los centauros? ¿Qué leyes ha violado, Sir Dominic Elías", ¿preguntó el troll?

"Subí a las montañas y accidentalmente me enojé con muchos gigantes", le contesté.

"Hiciste qué", grita el troll, mientras sale de debajo del puente.

"¿Ya estamos en guerra, o es la guerra sobre nosotros, porque no creo que pueda soportar otra guerra", me pregunta el troll?

"La guerra está sobre ti troll, te guste o no. Los gigantes están ahí arriba ahora mismo planeando bajar de las montañas. Una vez que lleguen aquí, destruirán a todas las criaturas vivientes del bosque, incluidos los trolls que se esconden cobardemente debajo de los puentes de peaje", le expliqué.

"Todo esto es culpa tuya, Dominic Elías. Tú, amigo mío, has derribado la ira de los gigantes sobre nosotros. Puedo vivir debajo de un puente, pero no soy un cobarde. He librado muchas batallas contra los gigantes y las criaturas de este bosque siempre han logrado empujar a esos gigantes de vuelta a las montañas sin miedo. ¿Cuántas batallas has ganado sin miedo", preguntó, mientras me miraba?

"No he ganado batallas y temo lo que vengopor nosotros. Así que, mi pregunta es, ¿cómo hago esto bien", le pregunté?

El troll me mira y me dice: "Tienes que dejar de huir de los problemas que has causado y aceptar toda la responsabilidad por tus acciones. Tienes que entregarte a los centauros para poder defender tu caso ante los tribunales centuriones. Si te encuentran culpable, serás considerado un enemigo del bosque y morirás con los gigantes. Si te encuentran inocentes, los centauros te permitirán luchar codo con codo con ellos mientras empujan a los gigantes de vuelta a las montañas", explica, mientras un centauro solitario se acerca a nosotros con la ballesta en la mano.

"Estás albergando a un traidor del bosque", dice el centauro, mientras señala con su ballesta al Troll.

El troll levanta las dos manos y dice: "No tengo a nadie, el hombre bestia es tuyo para llevarte cuando quieras".

"Vuelve debajo de tu troll puente, antes de que te acompaiga para consultar con el enemigo", dice el centauro, mientras el troll vuelve debajo de su puente.

"Usted no hizo caso a mi advertencia Dominic y usted desobedeció deliberadamente la ley que causa la guerra entre gigantes y centauros. ¿Cómo se suplica", preguntó el centauro, mientras me señalaba con la ballesta?

"No culpable", respondo, mientras levanto ambas manos en el aire.

"Te haces amigo de un gigante y lo llevaste a mi bosque. ¿Cómo se declara", grita el centauro?

"No culpable, digo, mientras miro hacia arriba al centauro sin mostrar miedo.

"Los gigantes sólo bajan de las montañas por una razón y esa razón es conseguir la cabeza o las piernas de un centauro que desafió a su líder al entrar ilegalmente en sus tierras. ¿De quién era la cabeza que buscaba", preguntó el centauro, mientras miraba directamente a mis ojos?

"El tuyo", le digo, mientras lo miro fijamente.

"Imposible, nunca he pasado el borde de la montaña. Toda mi vida he obedecido la ley centurión. Nunca he subido la montaña, así que debe ser algún tipo de error", dice el centauro, mientras baja su arco cruzado.

Bajé las dos manos cuando me confundí. "¿Qué estás haciendo Athesis? ¿No me vas a llevar a tus líderes, así que puedo alegar mi caso", le pregunté, mientras seguía mirando al centauro?

"Los gigantes tienen mi aroma. Creen que suba a la montaña y desafié a su

líder. Si esto es así, soy la verdadera causa de la guerra entre gigantes y centauros",

dice, mientras me mira.

"Parece que vas a necesitar mi ayuda para defender su propio caso a los líderes

centuriones. Vas a tener que explicar por qué los gigantes te ponen una recompensa

no sólo en la cabeza, sino también en las piernas. Lo oí con mis dos orejas, el líder de

los gigantespiensa que le mostraste poco o ningún respeto subiendo por la montaña. Te

guste o no centurión, estás atrapado conmigo", le digo, mientras aparece una sonrisa

en mi cara.

"¿Te atreves a cuestionar mi inocencia? Siempre he sido leal a mi clan y nunca

faltaría al respeto a la ley centurión subiendo la montaña", grita el centauro.

"Eso no es lo que piensan los gigantes. Los gigantes creen que desafiaste a su

líder cuando rompiste la ley y subió a la montaña. Este será el caso que llevarán a los

líderes centuriones. Entonces, mi pregunta para ti es, ¿cómo lo suplicarás", le

pregunté, mientras lo miraba?

"Defenderé mi inocencia ante los líderes centuriones, incluso si me destierra de

mi clan. Sigo siendo un guerrero centauro de corazón, pero también conozco los

deberes jurados de un centauro solitario. Así que aceptaré mi destierro si se

demuestra que soy culpable y seguiré protegiendo este bosque de los gigantes, con o

sin clan", me dice el centauro.

"Bien, vamos a defender su caso a los líderes centuriones y esperemos y

oremos para que estén en un estado de ánimo indulgente", le digo al centauro,

mientras nos dirigimos hacia el pueblo centurión.

"¿Por qué estás dispuesto a arriesgar tu vida por mí?", preguntó el centauro, mientras viajamos por todo el bosque?

"¿Por qué no? Quiero decir, habrías hecho lo mismo por mí, si yo estuviera en tu situación; ¿No lo harías", le pregunté?

"Ves que es donde tú y yo somos diferentes. Te habría encerrado y tirado la llave porque rompiste la ley. No confundas la bondad con la amistad hombre bestia, no somos amigos. Si estuvieras en mi situación, no habrías recibido piedad de mí. Eso es lo mucho que odio a los viajeros lejanos", dice el centauro, mientras me mira.

"Lamento que se sientan así por mí, pero ahora no es el momento de discutir quejas personales entre sí. Por si lo olvidaste, los gigantes están bajando de las montañas para matar a todos en este bosque, lo que nos incluye", le grito, mientras lo miro.

"Iremos a la guerra con los gigantes y perderán como siempre. Usaremos las criaturas del bosque para obligar a los gigantes a volver a las montañas de donde vinieron y allí es donde se quedarán", respondió.

"¿Y si no sucede a tu manera? ¿Alguna vez pensaste en eso? ¿Y si esta vez pierdes y los gigantes ganan, qué harás entonces?", le pregunté?

"Si perdemos la guerra con los gigantes, lo cual no es probable que lo haremos, nos reagruparemos con las criaturas restantes del bosque. Entonces un día tendremos otra guerra y otra, hasta que hayamos librado este bosque de todos los gigantes", responde.

"Eso suena como el plan perfecto. Entonces, ¿hasta dónde está su pueblo desde aquí", le pregunté, mientras continuamos caminando por todo el bosque?

"Mi pueblo no está muy lejos de aquí. Está justo sobre el horizonte, justo más allá de la cascada", responde el centauro solitario.

"Tu pueblo está cerca de una cascada, ¿qué tan genial es eso? Entonces, ¿tenemos que dar la vuelta a la cascada para llegar allí", le pregunté?

"No Dominic, debemos pasar por ello. La cascada es la única entrada a mi pueblo, no hay otro pasaje. Es la única manera de entrar en nuestro pueblo y la única manera de salir", responde el centauro solitario.

"Por lo tanto, su pueblo está escondido, protegido por sólo una cascada; ¿Qué tan hilarante es eso? ¿De qué puede tener miedo tu gente", le pregunté, mientras empezaba a reírme?

"Mi pueblo está protegido por verdaderos guerreros centuriones, no por alguna cascada. Por lo tanto, mostrar un poco de respeto y parar con todas las preguntas de mente simple porque esa risa y su deseo de algo de lo que no sabes nada está empezando a molestarme", responde el centauro.

"Sólo tenía curiosidad, no tenía intención de faltar el respeto. Sólo quiero aprender más sobre tu especie, eso es todo", le contesté.

"Su deseo de aprender más sobre la propia especie es la razón por la que estamos en la situación en la que estamos en este momento. Te culpo por el repunte del gigante. Si nunca hubieras venido, nada de esto habría pasado", explica el centauro solitario, mientras llegamos al agua queseextiende desde el borde del acantilado.

"¿Me culpas por el repunte gigante? Athesis, los gigantes te están buscando a ti, no a mí. Era el aroma de un centauro solitario que recogieron en su montaña, no el olor de un humano. Es tu cabeza y tus piernas las que quieren, no las mías. Si quisieran mi cabeza y mis piernas, confiaran y me creyeran, ya las tendrían", le expliqué con cuidado.

"Hablas como si supieras de lo que estás hablando, pero, sin embargo, no sabes nada. No sabes nada del aroma de un centauro solitario porque si lo hicieras, sabrías que un centauro solitario no tiene el mismo aroma que los otros centauros. Llevamos el aroma del bosque, por eso es tan difícil rastrearnos. Así que, si los gigantes captaban el olor del bosque en sus montañas, tenía que ser tu olor desconocido el que olían, no el mío", respondió.

"Puedes pensar lo que quieres Athesis, te ayudaré a defender tu inocencia a los ancianos para limpiar tu nombre, pero al final del día, cuando se trata de luchar contra los gigantes, sólo recuerda a ti y a mí, estamos del mismo lado", le digo, mientras caminamos debajo de la cascada.

Capítulo 11:

"La cascada todopoderosa, la cascada que protege el pueblo del centauro de los gigantes, de una manera y sólo una salida", me digo a mí mismo, mientras el agua fría de la cascada salpica mi cuerpo.

Al salir al otro lado de la cascada, tomamos el camino que nos lleva hasta lo que parece ser una cueva oscura y estrecha debajo de los acantilados de la cascada. Es sombrío y oscuro en estas cuevas, el agua fría de la cascada sobre gotea del techo mientras un extraño frío viaja por la parte posterior de mi cuello.

Sólo los centauros pueden viajar a través de estas cuevas. Las marcas en las paredes revelan algún tipo de escritura extraña, una escritura antigua. La arquitectura de estas cuevas es muy compleja, pero única al mismo tiempo. Principalmente porque las marcas en las paredes revelan los antiguos secretos de la ley centurión.

"No estoy tan seguro de que se supone que esté viendo todo esto, ningún hombre o bestia ha estado tan profundamente en el bosque prohibido y vivió para contarlo", me digo a mí mismo, mientras el centauro nos conducía a una espeluznante escalera que se dirige hacia arriba.

A medida que llegamos a la parte superior de la escalera, salimos de una enorme abertura desde debajo del suelo. El centauro solitario me mira y me dice: "Todo lo que acabas de ver en las cuevas, sería prudente que lo borraras todo de tu memoria. Los centauros no se ocupan del azar. Así que, mi consejo para ti es actuar como si no hubieras visto nada."

¿Hay algo más que sepa, que no se supone que deba saber", le pregunté, mientras miraba al centauro?

"Sí, nunca se puede admitir subir la montaña. Los gigantes probablemente recogieron tu olor del borde de la montaña. Eso es todo lo que tienes que decirle a cualquiera que pregunte", responde el centauro.

"Bien, si esa es mi historia, entonces me quedo con ella", le digo, mientras pisamos las llanuras de hierba.

"Cuando lleguemos a mi pueblo, mantenga la boca cerrada y déjeme hablar. Les diré a los líderes centuriones que la guerra está sobre nosotros debido al error de un tonto equivocado que tropezó demasiado cerca del borde de la montaña. Les explicaré a los líderes centuriones y les haré saber que no están familiarizados con nuestras leyes. Por lo tanto, no sabías nada de los límites del borde de la montaña", me dice el Centauro.

A medida que nos acercamos a la aldea del Centauro, dos guerreros centuriones nos acercaron fuertemente armados.

"¿Detener quién va allí", preguntó uno de los guerreros?

"Soy Athesis, hijo de Quirón el Sabio, hijo del hermoso Centauri. Tengo algo que creo que los ancianos deberían oír. Tengo malas noticias mis hermanos, tan malas que amenaza nuestra propia existencia", responde.

"¿Cuáles son las malas noticias y por qué llevas a este hombre-bestia a las puertas de nuestro pueblo", preguntó el guerrero?

"Los gigantes, corren libremente al otro lado de las cataratas y el hombre-bestia es sólo un testigo de lo que he visto con mis propios dos ojos", responde.

"Athesis, te conozco, tú eres el Centauro que viaja solo por el bosque, el Centauro que caza solo, el Centauro que está tan desesperadamente dispuesto a probarse a sí mismo a los ancianos, para que pueda convertirse en un verdadero guerrero como uno de nosotros", dice el guerrero centurión, mientras mira a Athesis y se ríe.

Me convertiré en un guerrero centurión, le guste o no hermano. Ríete todo lo que quieras, pero tenemos problemas más grandes que la individualización. Debemos prepararnos para la guerra porque muy pronto los gigantes estarán en nuestras puertas", dice Athesis, mientras él y yo pasamos por delante de los guerreros centuriones.

Al entrar en las puertas del pueblo, me hipnotiza la belleza circundante de este magnífico santuario. "Debes estar muy orgulloso de venir de un lugar extraordinario como este", le digo, mientras miro hacia el centauro.

"Estoy orgulloso de dónde vengo, pero estaría aún más orgulloso, si me aceptaran como uno de ellos y no me miraran como si fuera una especie de inadaptado que decide estar solo", responde el centauro.

"Eso es una Athesis sin sentido, naciste y naciste en este pueblo como todos los demás. El centurión pasa por las venas como cualquier otro centauro aquí. Ya no hay necesidad de probarte a nadie. Ya has demostrado ser el guerrero que debías ser. Eres como uno de los guerreros más valientes que he conocido en toda mi vida y nunca lo olvides", le digo, mientras lo miro directamente a los ojos.

"Las palabras que hablas, ¿vienen del corazón o simplemente las dices sólo para hacerme sentir mejor sobre el camino que tomé para el sustento", preguntó, mientras me miraba?

"¿Honestamente crees que yo haría todo esto sólo para nada? No me importa lo que todos aquí piensen de ti, porque en mis ojos eres un verdadero guerrero centurión", respondo.

"Eso es muy amable de su parte decir. Aprecio la honestidad", dice el centauro, mientras me mira y sonríe.

Mientras caminamos por todo el pueblo, vemos familias de centauros saliendo de sus hogares mirándonos mientras caminamos hacia los gobernantes centuriones con la cabeza levantada. Dejamos de caminar muertos en nuestras huellas y mientras miramos hacia adelante, vemos a cuatro jinetes centuriones de pie delante de nosotros.

"Digan su negocio aquí", dice uno de los jinetes, mientras da un paso adelante.

"Soy Athesis, hijo de Quirón el Sabio, hijo del hermoso Centauri. Traigo noticias del otro lado de las cataratas. Los gigantes están bajando de las montañas corriendo por el bosque libremente, sin control, sin temor a represalias", dice el centauro solitario a sus líderes.

"¿Qué pruebas tienes de esta traición de la que hablas", preguntaron los jinetes?

"Te traigo este bestia hombre. Es un tonto equivocado que tropezó demasiado cerca del borde de las montañas. Él no está familiarizado con nuestras leyes; por lo tanto, no sabía nada acerca de los límites del borde de la montaña. Los gigantes solitarios de alguna manera debieron recoger su olor y bajaron de las montañas buscándolo. Ya he perseguido a uno de los gigantes hasta el borde de la montaña, pero me temo que los gigantes se sentirán traicionados debido a mis acciones intrépidas y la guerra caerá sobre nosotros muy pronto", responde Athesis.

"Que vengan, esta vez esta vez estaremos listos para ellos. Envíales una palabra a los Ogros, diles que reúnan a todas y cada una de las últimas criaturas del bosque que sean capaces de luchar o empuñar una espada. Diles que dije que nos encontraremos en el borde de la montaña dentro de tres días", gritan los jinetes mientras dos soldados centuriones asienten con la cabeza y despegan corriendo hacia el bosque.

"Athesis, si lo que dices es verdad, entonces el hombre bestia debe ser castigado por su incompetencia. Si el hombre bestia no conoce nuestras leyes, entonces no tiene nada que ver aquí en nuestro bosque. ¿Estás de acuerdo", preguntaron los jinetes?

"Sí, gran líder, estoy de acuerdo con usted, pero sin el hombre bestia tropezando demasiado cerca del borde de la montaña, nunca hubiéramos sabido acerca de los gigantes escabullirse de las montañas voluntariamente. Es por él que ahora tenemos el elemento sorpresa. Así que, dicho esto, por la presente pido inmunidad para ser procesado por la bestia del hombre", responde Athesis.

"Discutiré estas acciones con los otros ancianos, y consideraremos su solicitud, pero por ahora el hombre bestia debe ser detenido hasta que se pueda tomar una decisión final", dicen los jinetes a Athesis.

"Como quieras", dice Athesis, mientras me escoltaba a una celda de retención.

"¿Qué estás haciendo Athesis? Esto no es lo que acordamos. Nunca dijiste nada de que me encerraran tras las rejas", le susurré, mientras me metía dentro de una jaula cerrada como si fuera una especie de animal salvaje.

"Calma los nervios Dominic. El plan ha cambiado y además estás más seguro aquí conmigo de lo que estarías ahí fuera con ellos", responde Athesis.

"En ese caso, ¿por qué no estás tras estas rejas conmigo? Eres tanculpable como yo. Si hubiera sabido que me encerrarían entre rejas, nunca habría aceptado venir contigo. Honestamente me siento traicionado", le digo, mientras me siento en el suelo frío.

"No te he traicionado Dominic. Sólo les estoy dando tiempo a los ancianos para reevaluar su decisión. No es frecuente que una bestia de hombre tropiece con el borde de la montaña y comience una guerra entre gigantes y centauros. Todavía te apoyaré sin importar lo que decidan los ancianos, y seguiré luchando por tu libertad. Puse eso en mi palabra", dice Athesis, mientras toma su mano y se golpea el pecho.

"Aceptemos no estar de acuerdo. Estás ahí fuera libre como un pájaro, mientras yo estoy atrapado detrás de estas rejas como un animal enjaulado. Tu palabra no significa nada para mí en este momento", digo, mientras sacudo mi cabeza decepcionada conmigo misma.

"Tu auto mezquindad no significa nada para mí en este momento. Tenemos más cosas de las que preocuparnos entonces por las necesidades egoístas de alguien, que ahora siente el pesar de la desgracia. No me importa nada eso", responde el Centauro.

"Está bien, cierto que. Hey Athesis, ¿alguna vez has pensado en la muerte y qué será de ti? Pienso en la muerte todo el tiempo. A veces tengo sueños de morir, como sueños reales. Me despertaba con un sudor profundo y tenía pesadillas aterradoras sobre mi muerte. Sucede todas las noches para mí, por eso es tan difícil para mí dormir. Pero ya he aceptado el hecho de que, si muero, entonces muero. La mayoría de mis sueños rara vez se hacen realidad. Estoy aquí contigo en el bosque prohibido derecho; Quiero decir, ¿quién habría pensado alguna vez que este sueño se habría hecho realidad?"

"Los centauros no pensamos como humanos. Si morimos, morimos por la gloria de la batalla, no porque nos preocupemos por nuestras vidas. Morimos para proteger el bosque, las criaturas forestales y nada más", explica.

"Bueno, todo eso me parece unilateral. Dime esta Athesis, si a los centauros no les importan tus vidas, ¿por qué esconder tu pueblo dentro de una cascada?", pregunté?

"La cascada siempre ha sido sagrada para nuestro pueblo. Cuando descubrimos por primera vez la cascada, sólo se utilizaba como fuente de bebidas o un lugar para refrescarse del calor abrasador del sol. Un día, uno de los ancianos decidió volver más lejos en la cascada, que es donde descubrió un pasadizo oculto que lo llevó a estas tierras. La tierra fue encontrada intacta, ninguna criatura forestal se ha aventurado tan lejos en el bosque y los ancianos querían asegurarse de que se mantuviera así. Así que empezaron a escribir las leyes. La ley establece que ninguna criatura forestal puede viajar a través del paso de la cascada y si se rompe esta ley, quien la haya violado, no recibirá piedad al juicio. Esa es la ley, ha sido así desde hace muchos años. La cascada no protege a los centauros, los guerreros centuriones protegen a los centauros. La cascada se utiliza como capa, esconde nuestro pueblo de los gigantes de las montañas y otras criaturas salvajes del bosque", responde Athesis.

"Entonces, ¿cuánto tiempo crees que me mantendrán encerrado aquí", le pregunté?

"Hasta que los ancianos hayan tomado su decisión final sobre qué hacer contigo", respondió Athesis.

"Entonces, básicamente estoy, ¿no", le pregunté?

"Tienes que entender de dónde vienen los ancianos de Dominic. Usted es el primer forastero que ha violado la ley y ha aventurado más allá de la cascada sagrada y que todavía está vivo, lo cual es una buena noticia. La mala noticia es que los ancianos intentarán usarte como ejemplo. Probablemente te harán tirar desde los acantilados de la cascada para que todas las criaturas del bosque sean testigos. Lo único que impedirá que esto suceda es si la guerra entre centauros y gigantes comienza primero, lo que espero que haga", explica Athesis.

"Yo no aventuré más allá de la cascada sagrada, me trajiste aquí a su propia voluntad. Por lo tanto, sabías lo que me pasaría cuando los ancianos se enfrentaran. Me traicionaste Athesis y nunca te perdonaré por esto", le digo, mientras le doy la espalda.

"No tuve más remedio que traicionarte. Si te hubiera dejado ir, los dos habríamos sido perseguidos y asesinados como un jabalí. Así que, al traicionarte, básicamente te salvé la vida. Por lo tanto, un poco de gratitud estaría agradecido", explica Athesis.

"Quieres que me sienta agradecido por salvarme la vida, cuando no has hecho otra cosa que empeorar una mala situación. Habría tenido mejor suerte en el bosque siendo asesinado como un jabalí. Al menos entonces, recuperaría mi dignidad", respondo.

"Hice lo que pensé que era en el mejor interés para los dos", grita Athesis.

"Hiciste lo que creías que era en el mejor interés para ti", le grito.

"Si te sientes así por mí, entonces quédate aquí y pudrié, a ver si me importa", dice Athesis, mientras sale de las celdas de retención.

"El poco de tiempo que pasamos el uno con el otro, nunca te preocupaste por mi vida. Sólo te preocupabas por el tuyo, sucio cadáver de caballo", le grito, mientras Athesis cierra la puerta detrás de él.

Me molesté mucho conmigo mismo cuando agarré la bolsa de mi viajero y saqué mi pequeño cuaderno y me acosté", nunca confío en un Centauro".

Capítulo 12

"La confianza de un guerrero es una manera de guerreros", se dice a sí mismo Athesis, mientras se acerca a los ancianos. "¿Qué pasará con la bestia del hombre", preguntó Athesis?

"El hombre bestia no es de ninguna preocupación para usted. Se le tratará en consecuencia, como dice la ley", responden los ancianos,

"Me salvó la vida, ya sabes. Así que eso tiene que contar para algo", responde Athesis.

"La vida de un centauro no significa nada. Violó la ley, así que ahora tiene que ser castigado", dijeron los ancianos.

"La vida de un centauro no significa nada, ¿y la vida de miles de centauros? ¿Eso no significa nada porque ha salvado más que muchos de nosotros?", responde Athesis.

"Dijiste que el hombre bestia tropezó demasiado cerca del borde de la montaña, ¿cómo es que sabes de esto", preguntaron los ancianos?

"Cogí su olor y lo seguí allí", dice Athesis, mientras baja la cabeza en la vergüenza.

"Entonces, ¿cómo sabes que los gigantes no captaron tu olor porque ambos estaban en el borde de la montaña", preguntaron los ancianos?

"Es posible que lo que dices pueda ser verdad, pero yo no rompí ninguna ley. Sí, rastree al hombre bestia hasta las montañas, pero nunca he pasado por el borde de la montaña. Si los gigantes recogieron mi olor, es porque ya estaban abajo de las montañas. Lo que significa que violaron la ley, no yo", explica Athesis.

"¿Estás listo para la atesis de guerra? ¿Estás listo para convertirte en un guerrero centurión y dejar atrás la vida de soledad? ¿Estás listo para renunciar a tu vida por tus hermanos y hermanas", preguntaron los ancianos?

"Sí, lo soy", dice Athesis, mientras se arrodilla y se inclina ante sus mayores.

Uno de los ancianos camina hacia Athesis y con su ballesta toca una vez a ambos lados de los hombros de Athesis y dice: "El deber de un centurión es proteger a su familia sin importar en qué se convierta la situación, incluso si significa que mueres de ella. Este es un honor no un regalo, así que estar orgulloso de lo que eres, ahora eres un guerrero centurión, que tu ballesta salve muchas vidas. Ahora guerrero de pie, ahora los consideramos familia", dice el anciano, mientras Athesis se pone de pie.

"No te decepcionaré. Me convertiré en el guerrero centurión más valiente que jamás haya vivido", grita Athesis, mientras levanta la ballesta en el aire.

"Ya veremos", dice uno de los ancianos, mientras los centauros del pueblo comienzan a renunciar a sus ballestas en el aire mientras gritan el nombre de Athesis.

Mientras los centauros del pueblo animaban el nombre de Athesis, dos mensajeros centuriones regresaron corriendo de la entrada de la cascada.

"Los gigantes están bajando de las montañas matando a voluntad. Guerreros centuriones, debemos irnos ahora y encontrarnos con ellos a mitad de camino, si no estarán en las escaleras de nuestra puerta principal al caer la noche", grita uno de los mensajeros centuriones.

El cuerno de un carnero es soplado y escuchado en todo el pueblo mientras miles de guerreros centuriones toman el flanco y comienzan a marchar hacia la entrada de la cascada.

Mientras el ejército marcha, Athesis rápidamente mira a sus mayores y dice: "Voy a necesitar que liberes al hombre bestia, él ayudará a luchar contra los gigantes. Él personalmente me ha dado su palabra sobre eso", dice Athesis, mientras uno de los ancianos grita: "Libera a la bestia del hombre y ábrele una ballesta".

La luz del día está desapareciendo muy rápido a medida que dos centauros sacan Dominic de las células de retención. "Justo cuando empezaba a rendirme contigo, vas y haces algo estúpido como este", dice Dominic a Athesis, mientras se pone de pie.

"Lucharás con nosotros para ganarte tu libertad o morirás como un animal en una jaula, tomarás tu decisión", dice Athesis.

"¿Es realmente una elección porque la forma en que lo veo es que muero de cualquiera de los dos", pregunta Dominic?

"No tengo tiempo para la cobardía, la guerra entre gigantes y centauros ya ha comenzado. Lucha con los guerreros centuriones o vuelve a tu celda", grita Athesis.

"Bien, voy a luchar con el centauro's, pero no estoy montando en la espalda de nadie. ¿Alguien aquí tiene como un caballo normal tirado alrededor que puedo borro", preguntó Dominic?

"Deja de hablar y toma mi mano", dice Athesis, mientras agarra la mano de Dominic y lo ayuda a subirse a su espalda.

"Hoy es un buen día para matar gigantes", dice Athesis, mientras él y Dominic se flanquean con los otros guerreros centuriones.

"Felicidades, veo que alguien finalmente ha logrado conseguir sus alas", dice Dominic, mientras ve la marca del centurión en la silla lateral de Athesis.

"No tengo alas. Soy un guerrero centurión, no una especie de Pegasus alado", responde Athesis.

"Veo que uno de nosotros no está familiarizado con el sarcasmo", dice Dominic, mientras sonríe a Athesis.

El sarcasmo nunca ha existido en un mundo de centauros", respondió Athesis.

"Me preguntaba por qué nunca he visto a tus blancos bonitos", dice Dominic, mientras se ríe mientras monta en la parte posterior de la Athesis.

"Los centauros no sonríen mucho, especialmente cuando la guerra está sobre nosotros", dice Athesis mientras un pequeño conejo blanco con un reloj de tictac pasa por delante de nosotros.

"Llegué tarde, llega tarde, estoy realmente tarde", dice el conejo mientras mira hacia abajo en su reloj de tic, mientras corre en la dirección opuesta de nosotros.

"Espera en Athesis, he visto ese conejo antes. Él es la razón por la que viajé demasiado cerca del borde de la montaña. Recuerdo que ahora, lo estaba siguiendo por todo el bosque cuando me encontré con el camino de un Ogro", dice Dominic, mientras salta de la parte trasera del centauro.

"No tenemos tiempo para perseguir conejos blancos locos por todo el bosque. Ese conejo específico ha perdido su mente mucho antes de que vinieras y además del camino que toma te llevará a una fascinación de locura extrema. Como dije, es una pérdida de tiempo", responde Athesis.

"¿Planeas ganar esta guerra con sólo trescientos centauros y un par de Ogros? Me necesitas, Athesis. Puedo reunir criaturas mucho más místicas y podemos atacar a los gigantes desde el lado opuesto. No esperarán una segunda ola que vendrá por detrás. Tienes que dejarme hacer esta Atesis, déjame probarte a mí mismo. Déjame corregir los errores que he causado, y te prometo que aplastaremos a los gigantes y enviaremos a esas grandes bestias feas corriendo de vuelta a las montañas de las que vinieron", le expliqué.

"Bien Dominic, tienes hasta el mediodía de mañana para reunir tantas criaturas místicas como puedas. Nos encontraremos en el cruce del puente troll. No llegues tarde porque iremos a la guerra contigo o sin ti", responde Athesis, mientras vuelve a estar en línea con el resto de los guerreros centuriones.

"No te decepcionaré", le grito, mientras sigo al conejo blanco por un camino estrecho que conduce a una locura extrema.

Mientras continuaba por el estrecho sendero, me encontré con un Sombrerero Loco y una Liebre de Marzo bebiendo té. Estaban acompañados por un dormouse somnoliento que se sentó entre ellos. Me dijeron que siguiera avanzando, que no había lugar para mí en la mesa vacía y sillas en las que están sentados, pero me senté de todos modos.

"Entonces, ¿qué estamos celebrando", le pregunté, mientras me sento al final de la mesa y miro un enorme pastel de cumpleaños?

"Estamos celebrando mi día de nacimiento", dice el Sombrerero Loco, mientras la Liebre de Marzo y él toman un sorbo de té.

"¿Qué es un día de nacimiento", le pregunté, mientras me echaba una taza de té?

"Un día de nacimiento es todos los días que no es tu cumpleaños", responde el sombrerero loco, mientras vierte té en su sombrero y luego vuelve a la tetera. "Por lo tanto, estamos celebrando porque hoy es su día de nacimiento", responde el Sombrerero Loco, mientras señala a la Liebre de Marzo.

"¿Es mi día de nacimiento también", preguntó la Liebre de Marzo, mientras miraba al Sombrerero Loco?

"Bueno, por supuesto que es, tonto tonto, es mi día de nacimiento también. Ahora cantemos la canción del día del nacimiento", responde el Sombrerero Loco, mientras vierte a la Liebre de Marzo una taza de té.

La Liebre de Marzo canta:

"Un día muy feliz para mí!"

Sombrerero loco: "¿A quién?"

March Hare: "¡Para mí!"

Sombrerero loco: "¡Oh, tú!"

March Hare: "¡Un día muy feliz para ti!"

Sombrerero loco: "¿Quién me?"

Liebre de marzo: "¡Sí, tú!"

Sombrerero loco: "¡Oh, yo!"

March Hare: "Felicitémonos a todos con otra taza de té y celebremos un feliz día de nacimiento para todos y cada uno".

Sombrerero Loco: "Ahora, prueba de estadísticas, demuestra que no es tu cumpleaños".

March Hare: "No tengo pruebas, pero imagínate, sólo un cumpleaños durante todo el año".

Sombrerero loco: "Ah, pero hay trescientos sesenta y cuatro días sin nacer en el año."

March Hare: "Precisamente por qué estamos reunidos aquí para animar".

Dominic: "¡Si ese es el caso, entonces hoy es mi día de nacimiento también!"

March Hare: "¿Lo es?"

Sombrerero Loco: "Qué mundo tan pequeño es este"."

March Hare: "En ese caso... Un día de nacimiento muy feliz"

Dominic: "¿Para mí?"

Sombrerero loco: "¡A ti!"

March Hare: "Un día de nacimiento muy feliz"

Dominic: "¿Para mí?"

Liebre de marzo: "¡Por ti!"

Sombrerero loco: "¡Por ti!"

Sombrerero loco: "Ahora apaga la vela de mi amigo y haz que tu deseo del día del parto se haga realidad".

"Deseo que todas las criaturas del bosque se unan y ayuden a los centauros a derrotar a los gigantes", susurré, mientras soplaba las velas.

"¿Qué deseabas", preguntó el Sombrerero Loco?

"Deseaba paz y felicidad a todas las criaturas vivientes del bosque", le respondí.

"Oh querido, oh querido, oh querido, sólo los unicornios pueden conceder ese deseo", responde la Liebre de Marzo, mientras me sirve otra taza de té.

"¿Dónde están los unicornios?"

"Por el sendero que el conejo blanco fue. Sigue a la liebre hasta la valla blanca del piquete. Allí encontrarás lo que pareces abrazar, ver o no ver es donde una oruga espera. Ahora déjanos ser extraños, tenemos muchos días sinbirth para celebrar", me dice el Sombrerero Loco.

Mientras sigo por el mismo sendero que tomó el conejo blanco, me encontré con una cerca blanca de piquete. Una cerca de piquete blanco que rodea nada más que un sauce medio muerto.

"¿Cuál es el significado de esto? ¿Por qué alguien construiría una cerca de piquete blanco alrededor de un sauce muerto? Nada de esto tiene ningún sentido para mí", me digo a mí mismo, mientras camino hacia la puerta blanca.

Al entrar en la puerta, camino hacia el gran sauce. "Qué árbol tan feo", me digo a mí mismo, a medida que me acerco al árbol.

"Fea, no, no es fea, es hermosa. Hermosa en el exterior, así como ella está en el interior", me dice una voz.

"¿Quién está ahí", le pregunté, mientras miraba a mi alrededor para ver de dónde venía la voz?

"La respuesta correcta es, ¿quién eres tú", responde la voz?

"Soy Dominic Elías Mahoma, amigo de los guardias centuriones, enemigo de los gigantes de las grandes montañas. ¿Con quién tengo el placer de hablar", le pregunté?

"Soy Oruga, amigo de este precioso sauce que acabas de llamar feo y también enemigo de los gigantes de las grandes montañas", responde la voz.

"No quise faltarle el respeto a Oruga. Sólo hablaba de lo que mis ojos me revelan. ¿Puedes mostrarte, por favor, porque no puedo verte", le respondí?

"Me pueden ver si quiero, pero para ser invisible; Bueno, digamos que yo también puedo hacer eso", dice la voz, mientras una oruga aparece de repente en la rama del gran sauce.

"Eres una oruga, una oruga grande y gorda", le digo, mientras miro la rama del árbol.

"Viejo sí, pero gordo no, estoy en mi mejor momento a la espera de sufrir una transformación notable. Muy pronto me convertiré en una mariposa encantadora", me dice la oruga.

"Vale, ¿qué tiene que ver algo de esto con el precio del té en China", le pregunté?

"China, ooh, ¿estás vendiendo algún tipo de vajilla de plata o algo así porque si lo estás, estoy comprando. Seré tu primer cliente", responde la oruga.

"Puedo ver que esta conversación no va a ninguna parte, así que voy a llegar al punto. El Sombrerero Loco me dijo que podías ayudarme a encontrar a los unicornios, ¿es esto cierto?", le pregunté.

"Sí, eso es cierto", responde la oruga.

"Bien, así que ahora estamos llegando a algún lado. ¿Puedes complacer a Oruga, decirme a dónde ir para encontrar a los unicornios místicos?"

"Puedo hacerlo mejor que eso, te lo mostraré", dice la oruga, mientras señala hacia las montañas.

"Los gigantes están en las montañas; será un suicidio aventurarse allá arriba. ¿Hay alguna otra forma de llegar a ellos", pregunté?

"Esta es la única manera de ponerse en contacto con los unicornios", dice la oruga.

"No voy a volver a esas montañas, los gigantes están ahí arriba", le grito.

"Ya no lo son'", responde la oruga.

"¿Qué significa exactamente eso", le pregunté?

"Significa que la guerra ya ha comenzado Dominic. Sigue al conejo blanco con el reloj de tictac. Si encuentras al conejo, encontrarás a los unicornios", dice la oruga, mientras comienza su transformación de metamorfosis.

Capítulo 13:

A medida que pasa el día, sigo el camino del conejo blanco. Mi viaje a las grandes montañas no es lo que esperaba. Me siento como si el conejo blanco me estuviera llevando a mi muerte mientras hago mi camino por el estrecho camino.

La noche se arrastra lentamente mientras me camino al borde de la montaña. Mientras miro hacia arriba, veo al conejo blanco trepando por los acantilados de las montañas, así que empecé mi ascenso justo detrás de él.

Nunca me consideré temeroso de las alturas hasta que miré hacia abajo mientras subía por la ladera de la montaña. Al llegar a la cima de la montaña, veo al conejo blanco mientras corre y desaparece dentro del bosque.

Al instante perseguí al conejo blanco, siguiéndolo en una zona boscosa que es desconocida para cualquier criatura desde abajo. Perseguí al conejo hasta una gran abertura en medio del bosque. Se sienta en una rama de árbol rota con vistas a un hermoso estanque, mientras mira su reloj de tictac.

La alarma del reloj se dispara mientras el conejo blanco me mira y me dice: "Llegas tarde".

"¿Tarde para qué", le pregunté?

"De Luna", dice el conejo blanco, mientras apunta a la media luna.

"Me trajiste aquí para mirar a la luna", le pregunté, ¿cuándo me acerqué al conejo blanco?

"No, no, no, por supuesto que no bestia hombre, te traje aquí para presenciar el milagro de la fertilidad. Ahora siéntate, mi amigo", dice el conejo blanco, mientras me siento en la rama del árbol justo a su lado.

El tiempo pasa lentamente mientras miramos fijamente a la Luna Creciente, mientras que la luz brillante que viene de la media luna disminuye lentamente.

"Parece un plátano blanco", digo, mientras miro hacia abajo al conejo blanco y sonrío.

"Estás a punto de prever el significado de la vida. Uno renunciaría a su mortalidad para presenciar este milagro del nacimiento", responde el conejo blanco, mientras me mira.

"Nacimiento, ¿quién va a tener un bebé", le pregunté?

"Donde la luz de la luna toca el borde del agua, los unicornios hembras parecerán dar a luz a sus crías. Por lo tanto, hagas lo que hagas, por favor no interrumpas el proceso de parto, ya que las consecuencias podrían ser fatalmente dañinas para el feto. Este milagro sólo ocurre dos veces en un año. Odiaría que fueras la culpa de la muerte del hijo de un unicornio", explica el conejo blanco, mientras la luz de la luna toca el borde del agua.

Todo se queda en silencio cuando la primer unicornio hembra aparece desde el bosque. Mira a su alrededor antes de dirigirse al estanque, pero luego se detiene dentro de sus huellas mientras se da cuentade que la miramos fijamente.

Ella sacude la cabeza mientras hace sonar al caballo. Nos mira una vez más y luego se dirige al borde del agua. Ella toma una copa del agua con gas mientras la luz de la luna brilla sobre ella. Luego entra en el estanque; se inclina mientras comienza a empujar y minutos más tarde, ha dado a luz a un hermoso unicornio bebé.

El bebé unicornio lucha por ponerse de pie mientras yace allí en el estanque chispeante mirando fijamente a su madre. La unicornio hembra le da al unicornio bebé un empujón usando su nariz mientras trata de poner al unicornio bebé de pie.

Ella lo intenta una y otra vez, y finalmente el unicornio bebé se pone de pie, sus piernas óseas tiemblan mientras intenta dar sus primeros pasos. La unicornio hembra sale del estanque y se dirige al campo de hierba para alimentarse mientras el lindo unicornio bebé sigue detrás de ella.

La noche se desanda a medida que más y más unicornios hembra comienzan a llegar, para dar a luz a su descendencia. El mismo proceso de parto ocurre una y otra vez con cada unicornio femenino.

Cuando llega el último unicornio, el conejo blanco me mira y me dice: "Con eso tienes que hablar. Ella es la madre de todos los unicornios y ella es la única que realmente puede destruir a los gigantes.

"¿Qué debo hacer?", le pregunté, mientras miraba hacia abajo al conejo blanco.

"No es mi lugar para decirte qué hacer o qué no hacer. Tienes que averiguarlo por ti mismo. Este es tu viaje Dominic, no el mío. La mejor parte de la vida es no saber qué hacer, sino saber qué no hacer porque las decisiones que tomarás siempre vendrán del corazón. Fue agradable hablar contigo, bestia", dice el conejo blanco, mientras se levanta de la rama del árbol y se aleja.

Me senté allí y observé como la madre de todos los unicornios regula y olfatea a la descendencia de los otros unicornios mientras recuerda todos y cada uno de los olores.

Mientras sigo viendo nacer esta magnífica creación de vida, la madre de todos los unicornios comienza su camino hacia mí.

"Mi nombre es Hesperia, madre de todos los unicornios, prima lejana del místico Pegaso, ¿uno de los muchos protectores del misterioso bosque y con quien tengo el placer de hablar?"

"Mi nombre es Dominic, Elías Mahoma. Soy de Egipto, la ciudad de Guiza. No soy de tu mundo."

"¿Qué es lo que quieres de mí Dominic de Guiza", preguntó el unicornio?

"Tenemos un enemigo común que busca destruir todo ser vivo que existe aquí", le expliqué.

"¿Qué enemigo es ese", preguntó?

"Los gigantes de las grandes montañas, los centauros requieren su ayuda para derrotar a las bestias gigantes", respondo.

"La guerra entre gigantes y centauros no me preocupa. Los unicornios vivimos en paz, no nos preocupamos por los problemas de otras criaturas del bosque. Si fueras tan listo como pareces, harías lo mismo y te irías a casa Dominic, mientras puedas. No hay nada aquí para ti más que la muerte. Sabes exactamente de lo que estoy hablando porque lo has escapado más de una vez. Vuelve con tu bestia hombre del mundo y deja que las criaturas de este mundo se preocupen por sus propios problemas", dice el unicornio, mientras toma una copa del estanque chispeante.

"¿No vas a pelear con nosotros", le pregunté?

"Luchamos junto a los centauros antes y he perdido muchos unicornios. No volveré a cometer ese mismo error, así que la respuesta a tu pregunta es no", responde el unicornio.

"Te llamas a ti mismo un protector del misterioso bosque, bueno, no estoy de acuerdo con eso. Eres más como el protector de tu propia especie", le digo, mientras sacudo la cabeza con decepción.

"Soy, uno de los protectores del misterioso bosque, pero he visto tanta miseria y muerte que ahora sólo protejo a aquellos que necesitan protección y esa es mi propia especie, porque la última guerra entre centauros y gigantes, unicornios fueron sacrificados como corderos en el campo de batalla", dice, mientras una sola lágrima cae de su ojo.

"Lamento oír eso y mis más profundas condolencias ustedes, pero ahora no es el momento de llorar, quiero negociar con usted Hesperia. Quiero que me ayudes a deshacer me de los gigantes de una vez por todas y a cambio las grandes montañas sólo te pertenecerán a ti y a ti".

"¿Por qué iba a llegar a un acuerdo contigo, ya tengo estas montañas", responde el unicornio?

"Según los gigantes que no. Tus unicornios ni siquiera pueden bajar al agujero de agua sin el miedo a ser comidos por los gigantes. ¿Así es como tú y tus unicornios quieren seguir viviendo tu vida", le pregunté?

"No, yo no, Dominic de Guiza. Entonces, ¿qué es lo que necesitas de mí", preguntó el unicornio?

"Necesito que tú y tus unicornios luchen junto a los centauros por última vez",
digo, mientras la madre de todos los unicornios levanta sus patas delanteras en el aire
y hace que el caballo suene.

"Sería un honor ir a la guerra contigo Dominic de Guiza", dice la madre de todos
los unicornios, mientras cojo su melena y salto sobre su espalda.

"¿Dónde, Dominic", dice la madre de todos los unicornios, mientras suena el
caballo dejando que los otros unicornios sepan seguirla?

"Por la ladera de la montaña, cabalgaremos directamente a la batalla, sin parar",
digo, mientras los otros unicornios, incluidos los machos unen fuerzas con la manada
femenina, mientras corren por la ladera de la montaña.

A medida que cabalgamos por la ladera de la montaña, el sol comienza a salir.
Mientras miro hacia el cielo, veo una gran figura sombría volando por encima de
nuestras cabezas. "¿Qué es eso", le pregunté, mientras la gran sombra se separa en
cientos de pequeñas sombras?

"Es el Pegasus alado, y ella ha traído a la mayoría de mis primos lejanos con
ella, pero no te preocupes Dominic, pronto vendrán muchos más; ya verás", responde
el unicornio.

"El místico Pegasus va a luchar con nosotros", le pregunté, mientras me
emocionaba.

"Usted dijo, usted quería deshacerse de los gigantes de una vez por todas.
Bueno, no podemos hacer eso sin la ayuda del Pegasus alado", dice el unicornio,
mientras cientos de otros Pegasus alados se unen a los Pegasus volando por encima
de nosotros, convirtiendo a cientos en miles.

"Entonces, ¿cuál es el plan aquí, Dominic de Guiza", dice la madre de todos los unicornios, mientras entramos en batalla?

"Los gigantes centrarán toda su atención en los centauros porque eso es lo que más temen. Si la batalla ya ha comenzado, entonces deberíamos tener el elemento sorpresa cuando lleguemos. Los centauros atacarán a los gigantes desde el frente, mientras que los unicornios atacan desde atrás, con los Pegasus atacando a los gigantes desde el cielo. Reinaremos supremos y no nos rendiremos hasta que todos los últimos gigantes estén muertos", grito, mientras los unicornios cambian de dirección al campo de batalla y se dirigen alrededor de la lucha para cubrir la retaguardia.

"Tu plan suena como si hubieras estado en batalla antes de Dominic de Guiza", dice la madre de todos los unicornios, mientras llegamos al lado posterior del campo de batalla.

"En realidad no, sólo en los videojuegos", digo, al ver la guerra entre gigantes y centauros que se desarrolla en medio del campo de batalla.

"Como esperaba, los centauros están perdiendo la guerra. Esos tontos se apresuran a la batalla sin miedo en el mundo. Están luchando contra tácticas descuidadas si me preguntas", dice la madre de todos los unicornios, mientras prepara su unicornio parala guerra.

"A todos mis compañeros unicornios, amigos y familiares, yo madre, les pido que renuncien a sus vidas por mí una última vez. Liberemos el bosque de estas bestias gigantes y no sigamos viviendo con miedo. Somos los protectores del bosque prohibido, nuestros cuernos son nuestras armas, somos las verdaderas bestias del bosque. Ahora vamos a estar a la altura de nuestro nombre", dice la madre de todos

los unicornios, mientras los unicornios se apresuran a la batalla.

Capítulo 14:

A medida que la batalla entre gigantes y centauros tiene lugar, los unicornios y yo cabalgamos hacia la victoria. "Que haya paz o que haya muerte", le grito, mientras cargamos a los gigantes de las grandes montañas.

Los gigantes fueron sorprendidos inesperadamente desprevenidos cuando los unicornios atacaron a las bestias gigantes por detrás.

En medio de la batalla, el líder de los gigantes gritó: "Los centauros se han unido con los unicornios y el Pegaso. Mira hacia los cielos y reclama la victoria sobre estas criaturas aladas."

Los unicornios y los Pegasus lucharon valientemente durante la guerra contra los gigantes, pero no fue suficiente para derrotar a las grandes bestias. Los gigantes son demasiado grandes. Están aplastando a los unicornios recogiéndolos y tirándolos al Pegasus volador. Siento que si este caos continúa no quedarán más unicornios para proteger el bosque prohibido.

A medida que la batalla continúa, escuchamos la llamada de la "Gran Fauces". Miro hacia el lado de la colina y veo a miles de Ogros armados con martillos de guerra listos para la batalla.

Están golpeando sus martillos de guerra en el suelo mientras la llamada de la "Gran Fauces" se llama una última vez.

Los Ogros comienzan a correr por la ladera mientras los gigantes centran su atención en el gran ejército armado con martillos de guerra. Los gigantes comienzan a correr hacia el ejército Ogros y justo antes de que los gigantes lleguen al gran ejército, el suelo se derrumba, enviando a la mayoría de los gigantes de rodillas.

"¿Qué está pasando, por qué se fundó el suelo", le pregunté, mientras montaba en la parte trasera del unicornio madre?

"Los trolls de las cuevas, cavan bajo tierra, sus orígenes no son tan diferentes de ustedes los humanos. Los trolls a menudo se consideran reclusos y prefieren la compañía de su propia especie. Pero hoy, al borde de la batalla, se han unido como uno solo", dice Hesperia, mientras el último de los unicornios se reagrupa con los centauros.

El ejército de Ogros y los trolls no durarán mucho contra los gigantes. Debemos idear un plan diferente porque el plan de Dominic definitivamente no está funcionando", dice Hesperia, mientras mira la astesis centaur.

"Gracias a la cueva Trolls, la mayoría de los gigantes han caído de rodillas. Así que, vamos a cortar el resto de ellos a su tamaño", dice Athesis, mientras los centauros y unicornios comienzan a cargar contra los gigantes. Empujaronsus flechas en la parte más baja de los tobillos del gigante apuntando al tendón de Aquiles.

Cientos de gigantes caen de rodillas mientras miles de flechas centuriones apuntan al tarso inferior de los tobillos del gigante.

La batalla entre gigantes y criaturas místicas acaba de dar un giro significativo. Ogros con sus martillos de guerra están golpeando en las caras de los gigantes mientras los gigantes caen de rodillas.

El líder de los gigantes grita "Retiro", mientras la mayoría de los gigantes heridos huyen de vuelta a las montañas. Los trolls de la cueva apuntan a los gigantes heridos, apuñalando a las bestias gigantes a través del corazón con sus cuchillas afiladas, mientras los otros gigantes se apresuran a escapar de la batalla.

"La victoria es nuestra", le grito, mientras la madre de todos los unicornios es de repente arrojada al aire por el líder de los gigantes.

Volteamos por el cielo sin control mientras otros unicornios observan con incredulidad. Veo mi vida mientras parpadea ante mis ojos y acojo con beneplácito la muerte.

Cuando mi cuerpo cae al suelo, sucede lo más extraño, un Pegasus alado me recogió justo antes de que mi cuerpo cayera al suelo. El místico Pegasus me salvó la vida, y estoy verdaderamente agradecido por ello, pero la madre de todos los unicornios no fue tan afortunada como su cuerpo destrozado golpe el suelo.

Los unicornios inmediatamente dejan de pelear mientras se apresuran hacia el cuerpo de su madre. La sangre fluye de la boca del unicornio moribundo cuando las lágrimas caen de sus ojos azules.

"Llévame a ella ahora mismo", le grito, mientras pegasus alado vuela hacia el unicornio herido.

Una vez que aterrizamos en el suelo, salté instantáneamente de la parte trasera del Pegasus alado y corrí a Hesperia.

"Ah, Dominic de Guiza, veo que todavía estás vivo. Es maravilloso volver a ver tu cara por última vez. Mi tiempo aquí ha terminado. Debes cumplir tu promesa conmigo y deshacer te de todos los gigantes de las Grandes Montañas de una vez por todas. Si no, entonces mi muerte no significa nada", me dice Hesperia, la madre de todos los unicornios justo antes de cerrar los ojos.

Mis ojos empiezan a regar mientras Athesis se acerca a mí. "Hesperia será realmente extrañado. Que su alma descanse en peace para toda la eternidad'", dice Athesis, mientras se inclina de rodillas para mostrar respeto a los muertos.

"Es mi culpa que ella está muerta. Si te hubiera escuchado y no hubiera subido a la montaña nada de esto estaría sucediendo en este momento", le digo a Athesis, mientras empiezo a llorar.

"Hesperia eligió su propio destino. Ella sabía que las consecuencias de la guerra eventualmente reclamarían su vida un día, así como todas y cada una de las últimas criaturas aquí que luchan con nosotros. No le quites ese orgullo, ella murió con honor y así es como ella querría ser recordada", dice Athesis, mientras él se pone de pie.

"La guerra aún no ha terminado. El momento del luto no es ahora. La pérdida llegará eventualmente a los que han muerto, pero ese tiempo no lo es ahora. Debemos terminar lo que hemos empezado", dice Athesis, mientras sopla la bocina del carnero.

Los guerreros centuriones se reagrupan mientras las otras criaturas míticas están listas y dispuestas a volver a la guerra.

"Los gigantes piensan que están a salvo en las Grandes Montañas. Bueno, no estoy de acuerdo con eso, y estoy aquí delante de ti y digo, que no lo son. Perseguiremos a estas bestias hasta los confines de la tierra, hasta que hasta que cada uno de ellos haya caído. Soy Athesis, hijo de Quirón el Sabio, hijo del hermoso Centauri. No soy un líder, pero hoy te llevaré a la batalla una última vez. ¿Me seguirás hasta el final? ¿Qué dices", grita Athesis, mientras levanta la ballesta en el aire?

Los guerreros centuriones comienzan a gritar mientras agitan sus ballestas en el aire, mientras todas las criaturas míticas del bosque prohibido se inclinan hacia abajo y se inclinan hacia Athesis.

"Usted es un verdadero líder. Ahora nos llevan a las grandes montañas, para que podamos terminar con esto. Lucharé hasta la muerte por ti, amigo mío, pero sólo tengo una petición y esa petición es que, si hacemos esto, lo hagamos por Hesperia", le digo, mientras miro a Athesis.

"Petición concedida, ahora sube a bordo", dice Athesis, mientras extiende su mano y me empuja hacia su espalda.

Capítulo 15

El día pasa mientras nos dirigimos hacia las Grandes Montañas, cuando nos digo, quiero decir, Centauros, Unicornios, Trolls de cuevas, Ogros y el Pegaso alado. Nos acercamos a los miles, también perdimos miles, es la víctima de la guerra que estoy dispuesto a aceptar. "Mi nombre es Athesis, ayer mismo era un centauro solitario tratando de demostrarme a todos menos a mí mismo, pero no hoy. Hoy vengo ante ustedes como un verdadero Guerrero Centurión que promete proteger a los inocentes."

La noche se arrastra mientras nos dirigimos hacia las Grandes Montañas. El olor a lluvia está en el aire, ya que la niebla baja lentamente por la ladera de la montaña. Miles de criaturas míticas marchan una al lado de la otra, sabiendo que la muerte les espera en la cima de la granmontaña. Veo la mirada en los ojos de todos, la mirada de miedo, frustración y confusión.

Los gigantes han huido a las montañas y la mayoría de las criaturas aquí piensan que será un grave error si luchamos contra los gigantes en su propio territorio. Algunas de las criaturas están empezando a hablar diciendo, las estoy llevando a una trampa, pero no me siento así. Siento que, para despellejar una serpiente, primero debes cortar la cabeza de la serpiente.

No puedo hablar por todos aquí, sólo puedo hablar por mí mismo cuando digo, "Voy tras la cabeza de la serpiente, el líder de todos los gigantes, " Athesis se dice a sí mismo, a medida que llegamos a la base de la montaña.

La lluvia fría comienza a caer a medida que seguimos viajando por la ladera de la montaña. La montaña comienza a temblar, y las rocas se desmoronan a medida que las rocas gigantes nos están arrojando desde el borde de las montañas.

"Cúbrete", grito, mientras las criaturas que están siendo golpeadas con las rocas gigantes caen de las grandes montañas hasta sus muertes.

"Athesis, ¿qué estamos haciendo? Tenemos que volver a bajar la montaña, perderemos la mayor parte del ejército si no lo hacemos", grita Dominic, mientras se lanzan rocas gigantes desde arriba.

"Si los Gigantes no nos dejan subir la montaña, entonces vamos a pasar por ella. Los trolls de las cuevas empiezan a cavar", grita Athesis, mientras los Trolls de la Cueva comienzan a cavar en el lado de la montaña.

"Todo el mundo me sigue'", dice Athesis, mientras sigue detrás del Troll de la Cueva mientras hacen un túnel a través de la montaña.

"Tanto por el elemento sorpresa", dice Dominic a Athesis, mientras se abren paso a través de la cueva de la montaña.

"Los centauros no confían en el elemento sorpresa. Preferimos luchar cara a cara con nuestros enemigos, no como un animal cobarde que se aprovecha de los débiles", explica Athesis.

"Nah, yo hubiera preferido el elemento de sorpresa. Habría ido mucho más suave que tener rocas gigantes lanzadas contra nosotros", dice Dominic, mientras él y Athesis se ríen.

"Dominic, ¿cómo lograste hacerte amigo del único gigante y qué le dijiste exactamente, para que te llevara de vuelta por la montaña ileso", preguntó Athesis?

"Le dije a la criatura de mente simple que era una versión más pequeña de él, y el estúpido gigante se enamoró de ella. En realidad, pensó que él y yo éramos la misma persona, pero de un tamaño diferente", responde Dominic.

"¿Crees que puedes engañar al gigante por última vez", preguntó Athesis?

"Cualquier cosa que es posible cuando eres tan grande como un roble y tienes el tamaño real del cerebro de una nuez vacía", responde Dominic.

"Bien porque tu amigo gigante se convertirá en nuestra arma secreta. Todo lo que tienes que hacer es engañar al gigante para que desobede la desobedeció a su líder, gigantesgigantes contra gigantes. Me gusta el sonido de eso", dice Athesis, mientras los Trolls de la Cueva comienzan a hacer un túnel hacia la superficie.

Una vez que llegamos a la superficie, nos dirigimos hacia los acantilados de la montaña. "Los gigantes que nos estaban lanzando piedras ya habían abandonado este puesto", dice Athesis, mientras husmea el suelo y capta el aroma de los dos gigantes solitarios.

"Los gigantes fueron por aquí", grita Athesis, mientras nos acercamos al bosque de la montaña. En medio de una zona boscosa, nos encontramos con dos grandes gigantes de aspecto feroz y ambos sostenían palos de árboles.

"Ataque", grita Athesis, mientras las criaturas del bosque prohibido comienzan el ataque contra los dos gigantes solitarios.

El veneno de las flechas de los centauros puso de rodillas a los dos gigantes, cuando los Ogros golpearon la cabeza de los gigantes con sus martillos de guerra.

"Dos gigantes muertos no se consideran una victoria meritoria, pero un centenar de gigantes muertos y la muerte de su cobarde rey lo serán. Los gigantes huyen como insectos dispersos, así que digo que exterminemos a estas bestias gigantes como las desagradables alimañas que son", grita Athesis, mientras señala su ballesta hacia las colinas de las grandes montañas.

Todos los Pegasus alados vuelan como el resto de las criaturas de la carrera forestal prohibida hacia las colinas de las montañas. Mientras cabalgamos hacia la batalla, cientos de gigantes comienzan a correr desde las cimas de las colinas. Los fuertes ruidos de agrietamiento sonaban como olas de truenos mientras los gigantes corrían hacia nosotros derribando grandes árboles que estaban en sus caminos.

A medida que los gigantes se acercan a nosotros, Athesis me dice que baje de su espalda. "Usted sabe lo que debe hacer Dominic, encontrar el gigante solitario y ganarse su confianza una vez más. Te veré de nuevo mi amigo", dice Athesis, mientras sus guerreros centuriones y él entran en batalla.

La segunda batalla entre gigantes y criaturas místicas comienza mientras sumo por la ladera. No vi al gigante solitario que se hizo amigo de mí peleando con el resto de los gigantes. "Por lo tanto, debe estar con el líder de los gigantes en la cima de la colina", me digo a mí mismo, mientras sigo subiendo la empinada colina.

Al llegar a la cima de la colina, me acerqué a la bolsa de mi viajero y saqué mi traje de ghillie. Me puse el traje de ghillie mientras me acerco a lo que parece ser una especie de campamento gigante.

Una gran hoguera arde mientras el cadáver de un Pegasus alado asa lentamente por encima de él. "Algo aquí es planear comer el Pegasus", pensé para mí mismo, mientras poco a poco me acerqué al campamento.

"Fee-fi-fo-fum, huelo la carne de un bestia hombre", dice el gigante solitario, mientras camina hacia mí.

"¿Qué estás haciendo aquí arriba bestia hombre? Está prohibido que estés aquí", preguntó el gigante solitario.

"La forma en que lo miro, la palabra prohibida se utiliza sólo para cobardes que a menudo tienen miedo de sus propias sombras. Me debes un favor por dejarme mientras me perseguiba un centauro solitario", le contesto, mientras saco la capucha de mi traje de ghillie.

"No te debo nada hombre bestia. Salvé tu patética vida al llevarte por la ladera de la montaña ileso. Así que, como yo lo veo, me debes un par de piernas centauro", responde el gigante solitario.

"Yo habría cumplido mi promesa a usted si usted no me había dejado por muerto. La palabra de un gigante no significa nada para mí en este momento", digo, mientras el gigante solitario se acerca a la gran hoguera.

"La palabra de un hombre bestia significa aún menos", dice el gigante solitario, mientras se pone un delantal mientras gira el cadáver del caballo asado.

"¿Dónde está tu cobarde líder ahora", le pregunté al acercarme al gigante solitario?

"Él está en la enfermería en este momento curando de sus heridas. Dijo que la flecha de un centauro atravesó su tobillo. Estaba cojeando cuando regresó del campo de batalla con los otros gigantes. Así que, supongo que está muy malherido y que está usando este tiempo para recuperarse", dice el gigante solitario, mientras se sienta junto a la gran hoguera y corta un pedazo de carne del cadáver de caballo asado.

"¿Por qué no te vi en el campo de batalla?", le pregunté, mientras me sentaba junto al gigante solitario?

"Los otros gigantes piensan que soy demasiado viejo para ir a la guerra con ellos. Dicen que he perdido la voluntad de luchar y que me interpondría en su camino si me permitieran ir a luchar con ellos. Entonces, mi líder pensó que sería mejor para mí quedarme aquí y proteger el campamento", dice el gigante solitario, mientras baja la cabeza en la vergüenza.

"No hay honor en matar criaturas inocentes, al menos puedes decir que no tienes sangre manchada en las manos que nunca se lavará. Los otros gigantes no pueden decir eso. No somos los enemigos más grandes yo; sólo queremos vivir libres y morir a una edad muy avanzada. Pero su líder, que está en la enfermería ahora mismo atendiendo sus heridas, no lo permitirá. Los otros gigantes te tratan como a un marginado, y tu líder ni siquiera reconoce tu disposición a entrar en guerra como todos los demás gigantes. Pero en lugar de que te dé el respeto que te mereces, te ordena que te bajes y vigiles el campamento. ¿Eres un gigante, o eres un campamento viendo niñera", le pregunté, mientras miraba al gigante?

"Soy un gigante", responde.

"Entonces empieza a actuar como uno y cambia ese delantal por un club de árboles. Una vez me dijiste que, si un gigante come, entonces todos los gigantes pueden comer, pero sin embargo te sientas aquí y comes solo. No eres uno de esos gigantes que derraman la sangre de los inocentes, simplemente eres un yo más grande y solitario", le digo al gigante.

"¿A dónde va exactamente esta conversación y cuál es este favor que me estás pidiendo", preguntó el gigante?

"Te lo pido, ¿me ayudarás a matar al líder de todos los gigantes", le digo, mientras el gigante solitario me mira fijamente?

"Usted sería inteligente para sostener la lengua. La idea de incluso pensar en hacerle daño al líder de los gigantes es una sentencia de muerte. No puedo ayudarte a matar al líder de todos los gigantes. Si lo hiciera, los otros gigantes nos cazarían hasta los confines del universo. Lo siento, pequeño yo, debo rechazar tu oferta", responde el gigante solitario.

"Usted no tiene elección en el asunto. Si te niegas a ayudarme, los centauros y las criaturas místicas del bosque te perseguirán y te matarán también", le expliqué.

"¿Qué les impide hacerlo ahora", preguntó el gigante solitario?

"El hecho de que seas el único gigante que no ha librado la guerra contra los centauros o cualquier otra criatura del bosque", respondo.

"¿Cómo sé que los centauros no me pondrán una flecha en el corazón una vez que termine la guerra", preguntó el gigante solitario?

"Porque te habrías hecho amigo de ellos y te habrías ganado su confianza, así como la mía", le digo, mientras lo miro.

"Bien, pequeño yo, te ayudaré a destruir a los otros gigantes, pero si me siento traicionado en cualquier momento a lo largo de la batalla, no dudaré en pisotearte y aplastarte justo donde estás", dice el gigante, mientras corta otro pedazo de carne del cadáver de caballo asado.

"Lo suficientemente justo, ¿tenemos un trato", le pregunté?

"Sí, pequeño yo, tenemos un trato", responde el gigante solitario.

"Vamos a matar a algunos malos gigantes entonces", digo, mientras el gigante solitario se quita el delantal y agarra su club billy.

Capítulo 16

A medida que la batalla entre gigantes y criaturas místicas continúa, Athesis y sus guerreros centauro luchan mientras tratan de acabar con los últimos gigantes restantes.

"El ejército de gigantes está disminuyendo, la mayoría de los gigantes cayeron muy fácilmente. Principalmente porque ya estaban gravemente heridos desde la primera batalla, pero los gigantes que más luchan son los que más deberíamos preocuparnos. Su disposición a entrar en batalla sin miedo es asombrosa", dice Athesis, mientras le dice a sus guerreros centauros que empiecen a disparar sus flechas a los ojos de los gigantes.

"Le quitas la vista a un gigante y pronto se convierte en un tonto errante", grita Athesis, mientras los centauros apuntan sus ballestas a los ojos del gigante.

"Muchas criaturas forestales han perdido la vida hoy y por qué razón, una razón que es difícil de entender. Todo lo que sé es que murieron fielmente por lo que creían. Murieron por la libertad, la justicia y por el futuro de sus seres queridos, yo ateo, lucho por ellos ahora no porque tenga que hacerlo, porque quiero".

"Los gigantes son muy inteligentes; están usando sus brazos para bloquear las flechas venenosas disparadas contra ellos por mis guerreros centuriones. Necesito una distracción, algo que capte la atención de los gigantes", se dice a sí mismo Athesis, mientras pide que el ala Pegasus ataque a los gigantes desde arriba.

El Pegasus alado restante comienza a volar alrededor, tratando de distraer a los gigantes mientras los gigantes tratan de bloquear las flechas que fueron disparadas contra ellos desde el ejército centurión. Los Pegasus ahora luchan por nuestra última existencia.

Los gigantes están agarrando el Pegasus y arrancando las alas de sus cuerpos mientras arrojan a los caballos sin alas al suelo. Los Pegasus están perdiendo la vida por cientos, los gigantes los están derrotando muy mal. Sólo puedo imaginar el sufrimiento que tienen que soportar mientras son arrojados al suelo y pisoteados por los pies de un gigante.

"No sé si puedo seguir viendo la matanza de mis primos lejanos. Estoy hasta el último aliento, cerca del borde, estoy listo para rendirme", dice Athesis, mientras sucede lo más inimaginable.

"Las criaturas del bosque prohibido vienen corriendo por el lado de la montaña. Los animales más pequeños del bosque ahora se unen a la batalla contra los gigantes. Cientos de grandes lobos malos del bosque, ratones lémur, sprites y hadas del reino boscoso comienzan su ataque contra los gigantes, a medida que llegan al campo de batalla. Este inesperado acto de valentía nos dio a los centauros el tiempo que necesitábamos para recuperarnos y descansar", dijo Athesis, mientras le decía a sus guerreros centuriones que se reagrupen.

La intensa batalla continúa durante horas mientras la mayoría de los gigantes yacen muertos en el suelo junto a cientos de criaturas forestales que caen. Mi ejército centurión está ahora de vuelta en la batalla, luchando por nuestras vidas, y justo cuando pensé que las cosas no podían empeorar, se oye un fuerte sonido atronador bajando de las colinas.

Los árboles comienzan a caer a medida que el sonido se acerca cada vez más. Mi ejército comienza a temblar de miedo, los combates se detienen inmediatamente mientras todos miran a las colinas.

"Mantengan sus posiciones, es el líder de los gigantes", grita Athesis, mientras todo el mundo mira hacia las colinas.

"No soy un rey, soy Tito el Destructor", dice un gigante solitario, mientras llega al fondo de la colina y de la nada. Salta al cielo y vuelve a golpear cabezas de gigantes con su club billy que se supone que está hecho de un gran roble.

"Dominic tiene dueño.   El gigante solitario está de nuestro lado, ningún daño caerá sobre él. Protege a ese gigante por cualquier medio necesario", grita Athesis, mientras continúa la batalla entre gigantes y criaturas místicas.

"El gigante solitario luchó valientemente contra su propia especie. Se convertirá en un paria de la montaña si perdemos esta batalla, pero eso ya no me importa porque ahora lo considero uno de nosotros. Me pregunto, ¿cómo convenció Dominic al gigante solitario de luchar con nosotros? Un misterio que probablemente nunca se resolverá'", se dice a sí mismo Athesis, mientras las colinas de la montaña truenan una última vez.

"Fee-fi-fo-fum, huelo la sangre de un traidor en mi casa", oímos, mientras los árboles están siendo derribados como alfileres bowling.

Miro hacia las colinas y luego vuelvo al campo de batalla, sólo tres gigantes permanecen de pie y uno de ellos está de nuestro lado. "Debemos eliminar a los otros dos gigantes antes de que el líder llegue al fondo de la colina", dice Athesis, mientras le dice a sus guerreros centuriones que entren por la muerte.

Los guerreros centuriones disparan sus flechas mientras se enfrentan a los dos gigantes. La atesis se queda atrás con lo que queda de las criaturas místicas. Mientras observa cómo se desarrolla la batalla, oye: "Arriesgue mi vida tratando de conseguir que ese estúpido gigante luche con nosotros y vuelvo de las colinas y veo que no estás fuera de su luchacontigo, guerreros de centurión. Qué vergüenza", dice Dominic, mientras mira a Athesis.

Estoy muy feliz de verte con vida a mi amigo", dice Athesis, mientras sonríe y tiende la mano para que Dominic se sacuda.

"El sentimiento es mutuo amigo mío, pero ¿por qué no estás en el campo de batalla luchando con tu ejército centurión? ¿Eres un centauro solitario, o eres un guerrero centurión", preguntó Dominic?

"Yo soy los dos, ahora subo a bordo", dice Athesis, mientras llega con su brazo a Dominic.

"¿Un último viaje", preguntó Dominic?

"Un último paseo", responde Athesis, mientras Dominic sube sobre su espalda.

"¿Son todas las criaturas místicas que nos quedan", preguntó Dominic, mientras mira hacia abajo a un ejército agotado?

"Me temo que sí. Los gigantes no muestran misericordia. Puedes ver cómo miras al suelo y ves que muchos de nosotros hemos caído", responde Athesis.

"Bueno, no les mostremos ninguna misericordia'", dice Dominic, mientras se mete en la bolsa de su viajero y saca la hoja de Honjo Masamune.

"Vamos a cortar estos grandes pechos hasta el tamaño", dice Dominic, mientras grita" Mientras él, Athesis y las criaturas míticas restantes se precipitan a la guerra.

A medida que la intensa batalla continúa, el gigante solitario conocido como Tito destructor lucha uno contra uno contra un gigante, mientras que yo, Dominic, y mis guerreros centuriones junto con las criaturas del bosque luchan con el otro gigante.

Derribamos al gigante lo más rápido posible y cuando la bestia gigante cayó de rodillas, Dominic tomó la hoja de Honjo Masamune, giró la hoja y degolló al gigante, matando a la bestia como el cuerpo del gigante lentamente caidas al suelo.

Todas las criaturas místicas comenzaron a gritar porque el olor de la victoria estaba en el aire, pero Dominic y yo sabemos que la guerra está lejos de terminar. "Todavía tenemos que luchar contra el líder de los gigantes y eso no será una tarea fácil", me digo a mí mismo, mientras Tito el Destructor arranca los brazos del otro gigante.

"No tienes armas ahora, tu tiempo en la batalla ha terminado y se acabó con. Deja esta montaña y nunca regreses, o la próxima vez te arrancaré la cabeza", dice Tito, mientras el otro gigante despega corriendo por la ladera de la montaña.

"Te atreves a traicionar a tu propia familia", dice una voz, mientras un gigante solitario camina desde más allá de las colinas.

"Usted no es mi familia. No eres más que un gran líder de un ejército muerto. Me trataste como a un paria, así que un marginado es en lo que me he convertido", dice Tito, mientras hace contacto visual con el líder de todos los gigantes.

"Estúpido tonto, el hombre bestia y estas criaturas voladoras te han lavado el cerebro y oh, sé de la trama para matar al líder de todos los gigantes; no es ningún secreto para mí. La próxima vez que quieras hablar de matar a un líder, tal vez quieras asegurarte de que el líder no esté escuchando. Tito, comerciante de las grandes montañas, no voy a soportar esta traición", dice el líder del gigante, mientras se acerca a Tito.

Capítulo 17

A medida que comienza la batalla entre gigantes, todas las criaturas místicas del bosque prohibido observan en suspenso mientras los dos gigantes gran sobre e otro. "El líder del versus ersus Titus the Destroyer de todos los gigantes, el enfrentamiento perfecto", dice Athesis, mientras todos se reúnen alrededor de los dos combatientes.

La batalla comienza cuando Tito balancea su club de árboles en la cabeza del líder del gigante. El líder de los gigantes atrapa el club de árboles en el aire y luego agarra a Tito por el cuello y lo golpea contra el suelo. El suelo tiembla mientras Tito lucha por volver a ponerse de pie.

"Sería prudente que se retirara. No hay un posible resultado de que me derrotes", dice el líder de los gigantes, mientras Tito se levanta del suelo.

"No hay un pensamiento positivo en mi mente que piense que puedo derrotarte. Pero no me subestimes. Sé que no puedo vencerte, pero después de todo se dice y se hace, recordarás mi nombre", dice Tito, mientras corre hacia el bosque y levanta un gran roble de las raíces.

"Recuerdo tu nombre ahora traidor", grita el líder de los gigantes, mientras ambos balancean sus armas y golpean palos.

"No eres digno de ser llamado, "Tito el destructor", ese nombre no te conviene. ¿Qué tal, "Tito el traidor", o tal vez incluso, "Tito el tonto que pensó que podría derrotar al líder de todos los gigantes", dice el líder, ¿mientras balancea su club de árboles en Tito?

"El único tonto aquí eres tú. Mira a tu alrededor gran líder, las grandes montañas se están llenando de criaturas del bosque mientras hablamos. No veo ningún resultado posible de que hayas dejado viva esta batalla", dice Tito, mientras balancea su arma, y los dos palos de árboles golpean una vez más.

"¿Dejarías que estas criaturas peludas se apoderaran de las grandes montañas sólo para probarme un punto", preguntó el líder de los gigantes, mientras ambos gigantes se paraban cara a cara?

"Sí, dejaría que estas criaturas peludas se apoderaran de las grandes montañas porque primero era suya. Hace cientos de años, los obligamos a salir de esta montaña, no tuvieron más remedio que huir. Nadie se quedaría porque temían el riesgo de ser comidos por el padre de los gigantes de tu padre. Lo sé porque estaba allí. Así que no te quedes aquí y me condescendientes con algo de lo que no sabes nada. No eras más que un simple niño que todavía chupaba el pecho de su mamá cuando salimos de nuestra casa. Viajamos muchos días y noches, dormimos donde pusimos la cabeza, comimos cualquier comida que pudiéramos encontrar. Pero no fue lo suficientemente bueno, tu abuelo quería más. Quería un lugar al que pudiera llamar hogar, así que nos dirigimos a las montañas. Al principio hacía frío, pero los gigantes logramos adaptarnos a la frialdad. Quemamos muchos árboles para mantenernos calientes y la fuente de alimento, bueno, digamos, no nos estábamos muriendo de hambre".

"Con los años, las criaturas furia lograron desaparecer, y la fuente de alimento se volvió muy escasa. Así que, un día bajamos la montaña para abastecernos de carne fresca, es decir, cuando nos encontramos con los centauros. Tu abuelo hizo una tregua con los centauros, ninguna criatura subirá nunca por las montañas y ningún gigante bajará nunca. Esta fue una de las primeras leyes, pero no sería la última. Los centauros formaron sus propias leyes y se consideraban protectores del bosque. Prometieron matar a cualquier gigante que desobedecía la ley bajando por las montañas y hasta ahora, han logrado cumplir su palabra. Así que, verás, gran líder, sé mucho más de lo que crees que sé. Lo que te convierte en el tonto porque ni siquiera conoces la historia de tu propia gente. La lucha ha terminado", dice Tito, mientras se aleja del líder de los gigantes.

"La pelea ha terminado cada vez que digo que se acabó", le dice el líder de los gigantes a Tito.

"Echa un buen vistazo a tu alrededor. Ya no tienes ejército, están todos muertos. Un líder sin ejército no es un líder, esun solitario. Mírate bien, estás solo. Hazte un favor: deja estas montañas mientras puedas, incluso puedes volver a casa si quieres", explica Tito, mientras el líder de los gigantes balancea su club de árboles mientras grita: "Esta es mi casa".

El club de árboles choca contra la cabeza de Tito cuando el gigante conocido como Tito el Destructor cae al suelo.

"El líder de los gigantes está haciendo trampa. Tiene que hacer trampa para ganar", dice Athesis, mientras se enfada mucho.

"Te guste o no, esta ya no es nuestra guerra. Esto es ahora una guerra entre gigantes", responde Dominic.

"Ruego que diferencie", dice Athesis, mientras toma su ballesta y dispara una flecha que atraviesa el ojo izquierdo del gigante de pie.

"Tonto estúpido, me disparas te el ojo", grita el líderdel gigante, mientras la sangre comienza a fluir desde la cuenca del ojo del gigante.

El líder del gigante balancea su club de árboles salvajemente en Athesis, mientras usa su otra mano para cubrir sus ojos izquierdos. "Te mataré a ti y a toda tu raza, pequeño y sucio gusano de caballo", grita el líder de los gigantes, mientras la sangre gotea de su cara.

"Puedes intentarlo, pero morirías antes de que pudieras llegar por la ladera de la montaña", dice Athesis, mientras recarga su ballesta.

"Me arriesgaré con la muerte", grita el líder de los gigantes, mientras balancea su club de árboles golpeando a Athesis a diez pies en el aire. Su cuerpo maltratado golpea el suelo mientras los guerreros centuriones observan con incredulidad.

"Athesis", grito, mientras atropello a su cuerpo inconsciente. "Oye amigo, ¿estás bien? Vamos amigo te necesitamos ahora mismo", le digo, mientras trataba de despertarlo.

"¿Qué acaba de pasar", preguntó Athesis con voz baja?

"Te golpearon con un joystick, pero ahora no es el momento de dejar de jugar. Todavía te quedan muchas patadas en el trasero. Así que voy a necesitar que te pongas de pie amigo", le digo, mientras le ayudo hasta los pies.

"¿Joystick? Eso no se sentía como ningún joystick, se sentía más como un club de árboles para mí", dice Athesis, mientras limpia la suciedad de su cuerpo.

"¿Y ahora qué", preguntó Athesis, mientras me miraba?

"Ahora esperamos. Tito está ahora de nuevo de pie", le digo, mientras señalo al gigante solitario.

"Fe-fi-fo-fum, mi nombre es Tito y aquí vengo", grita Tito, mientras carga contra el líder de los gigantes.

"Te dije que no me subestimes", grita Tito, mientras golpea al líder de los gigantes.

"Yo soy Tito el Destructor de los malos gigantes", grita Tito, mientras recoge al líder de los gigantes y golpea su cuerpo en el suelo una vez más.

"Escucha lo que estás diciendo Tito, ¿cómo puedes ser el destructor de gigantes cuando tú mismo eres un gigante", dice el líder de los gigantes, mientras se pone lentamente de pie.

"Yo no soy uno de ustedes. Tengo corazón y me preocupo por las criaturas del bosque", dice Tito, mientras una voz grita: "Tito, mira su tobillo, está cojeando, no sólo está dañado, está herido", grita Dominic, mientras Tito mira hacia abajo al líder de los gigantes.

Tito balancea instantáneamente su club de árboles golpeando la pierna del gigante. El líderdel gigante cae de rodillas mientras sostiene su mano derecha y pide clemencia.

"¿Por qué debería mostrar una misericordia cobarde, cuando él no ha mostrado ninguna? No mereces vivir", grita Tito, mientras toma su club de árboles y golpea en la cabeza del gigante caído.

El líder de los gigantes ha caído; la guerra ha terminado", grita Athesis, mientras Tito destructor pisotea repetidamente la cabeza de los otros gigantes en el suelo.

Capítulo 18

Érase una vez criaturas míticas, criaturas de un misterioso bosque. Cuando era niño, siempre he creído que había más en la vida de lo que la vida me ha mostrado. Sólo puedo imaginar lo que la gente pensaría si supiera la verdad real. Las historias que se nos enseñaron cuando éramos niños son reales y tengo pruebas de ello.

"Un gigante sin vida yacía en el suelo mientras Tito, el destructor gigante, mira a Athesis y dice: "La guerra entre gigantes y centauros ha terminado".

El gigante solitario recoge su club de árboles y comienza a alejarse". ¿A dónde irás?", preguntó Athesis, mientras el gigante solitariose da la vuelta y says," Yo no pertenezco aquí, las grandes montañas te fueron robadas hace mucho tiempo y ahora las tienes de vuelta. Viajaré de vuelta a las viejas tierras; allí comenzaré mi nueva vida. Lamento mucho lo que mi clase le ha hecho a las criaturas de las grandes montañas. Los gigantes siempre hemos tomado cosas que no nos pertenecen, y me disculpo por ello, pero todavía no lo hace bien. Yo renunciando a las montañas es yo haciendo las cosas bien; Se necesitó una bestia humana para hacerme ver con claridad", explica Tito.

"Usted tiene no tiene que irse. Has demostrado ser un gigante de su palabra. Imagínate un mundo donde gigantes y criaturas místicas vivan juntos como uno solo, solo tú nos has traído ese mundo", responde Athesis.

"Athesis, eres uno de los Centauros más valientes que he conocido en toda mi vida; sus antepasados deben estar muy orgullosos de usted. No importa lo que todos los demás piensen de ti, eres un verdadero líder centurión; siempre recuerda eso", dice Tito, mientras se aleja de la astesis.

Una lágrima cae del ojo de Athesis, mientras el gigante solitario desaparece en el bosque.

"Las leyes del bosque han cambiado. No habrá más límites, cualquier criatura que desee vivir aquí en las grandes montañas puede hacerlo como él por favor. No soy tu líder, no soy tu rey, soy Athesis, hijo de Quirón el sabio, hijo del hermoso Centauri y os agradezco vuestro servicio", dice Athesis, mientras toma su mano y saluda a las criaturas del bosque prohibido.

Un gigante solitario camina por las colinas de las grandes montañas. Está siendo seguido por una criatura más pequeña. "Fe-fi-fo-fum, ¿por qué me sigues hijo Dominic?"

"Te fuiste sin despedirte. Pensé que éramos amigos. Los amigos no dejan amigos sin despedirse", dice Dominic, mientras sale de detrás de un árbol.

"¿Es esa la única razón por la que sigues detrás de mí", preguntó el gigante solitario?

"No, no puedo volver a la montaña, los centauros no me dejarán salir del bosque prohibido para irme a casa", responde Dominic.

"¿Por qué viniste aquí cuando sabías que no podías volver a casa", preguntó el gigante solitario?

"Porque quería ver si los rumores eran ciertos. Fui tonto Tito y lo sé ahora. Así que, si no puedo volver a mi casa, entonces he decidido que volveré contigo a la tuya", responde Dominic.

"¿Por qué no vivir con los centauros? La atesis parece un buen tipo", preguntó el gigante solitario.

"Estoy un poco desanimado de la hospitalidad. Prefiero vivir libre en el bosque contigo, que estar encerrado en una especie de jaula en el pueblo de un centauro por tratar de salir del bosque", explica Dominic.

"El viaje a mi antiguo pueblo no será tan fácil como parece. Tenemos que viajar a través de la tierra de los dragones cuyo fuego derretirá la piel directamente de los huesos y luego están las serpientes de arena, gusanos carnívoros gigantes con filas afiladas de dientes que se entierran debajo del terreno. El camino a mi casa es simplemente demasiado peligroso para que un hombre bestia lo haga. Sería prudente para ti volver atrás y concentrarte en tratar de volver a tu casa", explica el gigante solitario.

"Ya he tomado mi decisión Tito, voy contigo te guste o no. Siento que tiene que haber otra manera de salir de esta pesadilla loca que estoy teniendo", respondió Dominic.

"Esto no es una pesadilla Dominic, todo lo que ves aquí es real. Si mueres aquí, estás muerto, no hay vuelta atrás a Fantasyland o de donde vengas. La única manera de salir del bosque prohibido es de la misma manera que entraste. Seguirme a mi casa te alejará cada vez más del pasadizo. Toma mi consejo hombre bestia, vete a casa a tu propia especie, no perteneces aquí, nunca lo hiciste", dice el gigante largo, mientras mira a Dominic.

Bueno, supongo que este es el final de mi viaje, esto es lo más lejos que voy. Te habría seguido hasta los confines de la tierra, amigo mío, sólo para asegurarme de que llegaras a casa sano y salvo. Pero no puedo hacerlo, porque ni siquiera puedo garantizar la seguridad de mí mismo. Tienes razón Tito; No pertenezco aquí. Pertenezco a Egipto", dice Dominic, mientras mira a Tito.

"Vete a casa Dominic. Encuéntaste una bestia mujer, siéntasa y ten todo tipo de bestias infantiles. Tu viaje aún no ha terminado, está empezando", dice el gigante solitario, mientras se va diciendo adiós.

A medida que pasa el día Dominic camina por la ladera, solo, frustrado porque sabe que su viaje ha terminado. Llega al fondo de la colina y se enfrenta a Athesis.

"El gigante elige estar solo", dice Athesis, mientras Dominic se acerca a él.

"Sí, se va a casa", dice Dominic, mientras una sola lágrima cae de su ojo.

"Si sólo tuvieras un deseo en la vida, ¿cuál sería el deseo", preguntó Athesis?

"Me gustaría irme a casa", responde Dominic.

"Entonces deja quete llevaré a casa", dice Athesis, mientras mira a Dominic.

"¿Romperías las reglas de tu antepasado para una bestia de hombre", preguntó Dominic?

"No, pero rompería las reglas de mi antepasado para un amigo. Te llevaré al pasadizo cerca de donde nos conocimos por primera vez", respondió Athesis.

"Usted sería juzgado por esto y usted sabe que. Te meterán en la cárcel y estarías encerrado por toda la eternidad por desobedecer la Ley del centuri", explicó Dominic.

"Sí, lo sé, pero estarás en casa y eso es todo lo que me importa en este momento", respondió Athesis.

"Realmente eres una persona magnífica", dice Dominic, mientras mira a Athesis.

"Yo no soy una persona; Soy un centauro. Ahora sube a bordo", dice Athesis, mientras extiende la mano.

"Ya no eres sólo un centauro, eres un guerrero centurión", dice Dominic, mientras agarra la mano de Athesis y se sube a su espalda.

La luz del día se oscurece a medida que corremos por el lado de la montaña. El bosque nunca ha sido tan hermoso como lo es ahora. Pasamos por la casita en el bosque y tuve la oportunidad de saludar a la niña con capucha roja y a su abuela, que estaban frente a su casa plantando flores.

Luego cabalgamos a través de los campos de hierba y pude ver a las tres cabras billy mientras pastaban de la hierba. Luego cruzamos el puente de peaje, donde el codiciosa troll espera un pasaje rico, pero no había troll. "Murió en batalla", me dice Athesis, mientras cruzamos el puente.

Cabalgamos por todo el bosque hasta llegar al lugar donde crecen las rosas. Las rosas son púrpura, amarilla y naranja, y las violetas también. Este es el pasadizo por el que pasé.

Al llegar al árbol de la vida, Athesis gira su cabeza y dice "No le cuentes a nadie lo que viste. Los cuentos de hadas son sólo historias de la imaginación de un niño pequeño, así que mantengámoslo así", me dice, mientras me bajo de su espalda.

"Tu secreto está a salvo conmigo. No le diré a nadie sobre el Bosque Prohibido o lo verdaderamente notable que es este lugar. Te voy a extrañar Athesis, vivir libre y morir viejo amigo mío", digo, mientras paso un pie dentro del pasadizo a través del árbol de la vida.

Capítulo 19:

El mundo es realmente un lugar hermoso, pero si has visto lo que he visto y he estado donde he estado, vendrás a descubrir que este mundo no es tan hermoso después de todo.

"Mi nombre es Dominic Elías Mahoma. Soy de Egipto, la ciudad de Guiza. Sólo soy un hombre ordinario, pero he visto cosas extraordinarias. He visto a las criaturas místicas del más allá, pero juré nunca decírselo a nadie; pero ¿quién me creería si lo hiciera?"

El sol brilla al otro lado del bosque, todo se ve igual al salir del pasadizo. El pasadizo se cierra al pisar el suelo del bosque. "Estoy en casa", digo, mientras paso por el bosque de Aokigahara.

El día pasa cuando llegue a la tienda de espadachines Aritsugu, Kyoto. Entro y veo a un anciano parado detrás del mostrador fumando en una pipa de tabaco. Al caminar hacia él, él me mira y me dice: "Han pasado más de dos años desde que vi a alguien que se parece a ti, pero reconozco una cara familiar cuando la veo. ¿Cómo has sido Dominic de Guiza?"

Lo estoy haciendo muy bien, viejo. Me gustaría devolverte estos artículos", le digo.

"Oh, mi viejo traje de ghillie y la hoja de Honjo Masamune. Dominic, has visto lo desconocido y has vivido para contarlo. ¿Qué es exactamente lo que viste", preguntó el anciano?

"No he visto nada. Todo lo que he imaginado es sólo un cuento de hadas", digo, mientras mira directamente a mis ojos.

"Los cuentos de hadas pueden ser muy complicados, especialmente si el cuento de hadas es real", dice el anciano, mientras fuma en su pipa de tabaco.

"¿Qué se supone que significa eso", le pregunté?

"Una persona no desaparece desde hace dos años y no ve nada, a menos que sea ciego. ¿Estás ciego", preguntó el viejo?

"No, no soy ciego, y no he estado fuera por dos años. Estuve aquí hace una semana", le digo, mientras miro al viejo loco.

"Entonces, dices, pero tú y yo sabemos la verdad", responde el anciano.

"¿Y cuál es la verdad", le pregunté?

"Que no viste nada", dice el anciano, mientras comienza a reírse.

"Eso no tiene ningún sentido. No vi nada", le digo al anciano, mientras recoge la espada Honjo Masamune.

"¿Así que, durante dos años no viste nada? Bueno, no estoy de acuerdo, Dominic de Guiza. La próxima vez que mates a un gigante, tal vez quieras considerar lavar la sangre verde de la hoja antes de devolverla", dice el anciano, mientras retira el escamoso de la espada.

"Lo haré", digo, mientras empiezo a reírme. "Cuídate viejo", le digo, al salir de la tienda.

"Cuídate, Dominic de Guiza", grita el anciano, mientras cierro la puerta detrás de mí.

Al salir de la tienda del espadachín, silbo por un rickshaw runner para llevarme al aeropuerto de Shizuoka. Subo en la parte trasera del rickshaw mientras la persona que tira del rickshaw comienza a correr. Me quedé dormida a un lado de la carretera en un rickshaw esa noche mirando a las estrellas pensando en Athesis y Tito.

Al día siguiente llegué al aeropuerto, miré por última vez a Japón antes de abordar el vuelo. "Definitivamente echaré de menos este lugar", me digo a mí mismo, mientras tomo el asiento más cercano a la ventana del avión.

Dormí sobre todo durante el vuelo de doce horas, pero una vez que llegamos a Egipto, estaba muy despierto. "Nunca he estado tan feliz de ver a casa", me digo a mí mismo, mientras espero ansiosamente para salir del avión.

Al bajar del avión, entro en el aeropuerto y veo a personas sosteniendo carteles con los nombres de sus familiares. No vi mi nombre en ninguno de esos letreros porque no tengo familia.

"Es hora de que eso cambie", me digo a mí mismo, mientras hago un saludo para que un taxi me lleve a casa.

Capítulo 20

Han pasado tres años y no pasa ni un solo día de que no piense en criaturas míticas. Ahora tengo una familia y estoy felizmente casada con una hermosa reina egipcia. No es una verdadera reina, pero es mi reina.

Me dio dos hermosos hijos. Uno de ellos es una chica y el otro es un niño. Todas las noches antes de acostarme, las arropa perfectamente debajo de las sábanas y les cuento a ambos una historia antes de acostarse.

Todas las noches les leo una historia diferente, pero aún no han oído mi historia. Así que esta noche tendrán la oportunidad de escuchar mi historia y mañana escribiré un libro al respecto, lo llamaré", El Reino Prohibido".

El final.